Jurek Becker, geb. 1937, studierte Philosophie, schrieb Filmdrehbücher, Fernsehspiele. Er lebt in Berlin.
Seine Bücher erscheinen im Suhrkamp Verlag, zuletzt »Bronsteins Kinder« und »Warnung vor dem Schriftsteller«.
Jurek Becker, den literarisch Interessierten wenigstens durch den Roman *Jakob der Lügner* vor Augen, dem breiten Fernsehpublikum als Drehbuchautor von *Liebling Kreuzberg* ein Begriff, hat nicht nur Romane und Drehbücher geschrieben, sondern auch Erzählungen. Der erste und bisher einzige Sammelband mit Erzählungen erschien 1980 im Suhrkamp Verlag. Eine Auswahl aus diesen Erzählungen – und die bisher nicht veröffentlichte Erzählung *Gäste* – bietet der vorliegende Großdruck-Band: *Großvater; Die beliebteste Familiengeschichte; Die Mauer; Entwurf für einen Alptraum; Aus heiterem Himmel.* Alle Geschichten dieses Bandes handeln vom Erzählen, vom Erzählen in seiner ursprünglichsten Form. »Fang doch jetzt endlich zu erzählen an«, so wird der Großvater zum Geschichtenerzählen aufgefordert, und dieser Aufforderung kommt der Autor im schönsten Sinne nach.

insel taschenbuch 2333

Jurek Becker

Die beliebteste Familiengeschichte

Jurek Becker
Die beliebteste Familiengeschichte

und andere Erzählungen

Insel Verlag

insel taschenbuch 2333
Erste Auflage 1992
Insel Verlag Frankfurt am Main und Leipzig

Lizenzausgabe mit freundlicher Genehmigung des
Suhrkamp Verlags Frankfurt am Main
Hinweise zu dieser Ausgabe am Schluß des Bandes
Vertrieb durch den Suhrkamp Taschenbuch Verlag
Umschlag nach Entwürfen von Willy Fleckhaus
Satz und Druck: Wagner GmbH, Nördlingen
Printed in Germany

1 2 3 4 5 6 – 97 96 95 94 93 92

Inhalt

Großvater

Ach bitte, tu uns doch den Gefallen.«

»Nein und nochmals nein.«

»Ach sei doch nicht so. Von wem sollen wir denn sonst etwas erfahren, wenn nicht immer wieder von dir?«

»Wozu müßt ihr denn überhaupt so viel erfahren? Gibt es vielleicht keinen anderen Zeitvertreib?«

»Es ist so schön.«

»Ihr wißt nichts mit euch anzufangen, das ist alles. Ich kann mich ja selbst kaum noch hören. Versprecht ihr wenigstens, daß es heute für lange Zeit das letztemal ist, wenn ich mich wieder breitschlagen lassen sollte?«

»Das können wir dir nicht versprechen. Das hatten wir dir neulich schon versprochen, weißt du nicht mehr? Wir würden es ja doch nicht halten.«

»Aber ihr werdet mir nicht wieder so frech dazwischenfahren, wenn euch irgendeine Stelle anders vorkommen sollte als sonst?«

»Trag uns das doch nicht länger nach.«
»Denn auch wenn es manchmal aussieht, als verwickelte ich mich in Widersprüche – es ist nur das Gedächtnis.«
»Verstehen wir doch längst.«
»Ich könnte ja auch in den Geschichten einfach Lücken lassen. Da würdet ihr euch schön bedanken. Ich könnte sagen, jetzt kommt ein Stück, an das ich mich beim besten Willen nicht erinnern kann, und Schluß. Möchtet ihr das lieber?«
Wie du es bis jetzt gehalten hast, so ist es gut.«
»Ihr dürft nicht glauben, ich selbst hätte kein Ohr für Ungereimtheiten. Es geht mir sogar schlimmer als euch damit: Ich merke ja beim Erzählen, wie sich eine solche Stelle nähert, wie sie wächst und schließlich vor mir steht wie eine schwarze Wand. Lange vor euch sehe ich den Widerspruch. Und ihr sollt doch nichts merken. Dann denkt es in mir hastig: Verflucht, wie war denn das damals? Und es denkt: Verdammt, kann man denn so vergeßlich sein! Meistens habt ihr Glück, denn die Erinnerung kommt mir rechtzeitig. Aber nicht jedesmal, das sollt ihr ruhig wissen. Was bleibt mir in solchen Fällen

nun zu tun? Soll ich vielleicht aufhören zu erzählen?«

»Bloß das nicht.«

»Mich ärgert es ja selbst, wenn es sich einmal so und das anderemal anders anhört. Ich habe schon überlegt, ob es nicht das Klügste wäre, sich ein paar Notizen zu machen. Noch besser wäre freilich, wenn ich nichts mehr zu erzählen brauchte. Aber ihr Rasselbande gebt ja keine Ruhe.«

Großvater streicht uns über die Köpfe.

»Was du dir für unnütze Sorgen machst.«

»Oder stellt euch einen anderen Fall vor: Trotz einer Gedächtnislücke höre ich nicht zu erzählen auf, weil ich euch nicht den Spaß verderben will. Ein paar Tage später komme ich beim Erzählen an dieselbe Stelle, doch plötzlich weiß ich wieder, wie es wirklich war. Fragt nicht, woher ich das weiß, die Erinnnerung ist ein rätselhaftes Ding. Blitzschnell muß ich dann entscheiden zwischen etwas, das ihr für die Wahrheit haltet, und der Wahrheit. So kann es also sein, daß ich als Flunkerer dastehe, nur weil mir die Wahrheit endlich eingefallen ist.«

»Du stehst doch nicht als Flunkerer vor uns da.«
»Manchmal, das gebe ich ehrlich zu, rede ich euch auch nach dem Munde.«
»Ach was, das sagst du nur so.«
»Und nicht nur euretwegen tue ich das, ich tu es auch mir zuliebe: Ich möchte, daß ihr zufriedene Zuhörer seid, so sieht der Grund für meinen Egoismus aus. Sonst würde mir das ganze Erzählen keine Freude machen.«
»Du bist uns vielleicht einer.«
»Leider hat sich im Laufe der vielen Jahre manches zugetragen, womit ihr nie und nimmer zufrieden wärt, wenn ihr es hörtet.«
Großvater seufzt.
»Gewiß, die Wahrheit ist die Wahrheit. Und was passiert ist, ist passiert, das ist genauso klar. Doch hat auch das Erzählen seine Gesetze. Ein schöner Erzähler ist mir, wer seine Zuhörer ohne Sinn und Verstand mit der Wahrheit überschüttet. Wer es sich hübsch leicht macht und sagt: So und so ist es gewesen, freßt! Es ist doch wohl ein Unterschied, ob man eine Geschichte erzählt oder ob man sie den Zuhörern vor die Füße wirft.«

»Und ob da einer ist.«

»Daß ihr mich aber nicht falsch versteht: Ich will nicht gesagt haben, die Wahrheit sei bloß dazu da, sie zu mißachten. So dicht an sie heran wie möglich, das ist meine Devise. Am allerwohlsten fühlt sich der Erzähler nämlich, wenn links und rechts von seinem Weg noch etwas Wahrheit übrigbleibt, zum Ausweichen sozusagen. Ganz wörtlich könnt ihr das nehmen: Ein Feind kommt euch entgegen, er oder ihr heißt die Frage, der Weg ist schmal. Und wie ihr wißt: In der Not gibt der Klügere nach. Da wird kaltblütig ausgewichen, der Feind stößt ins Leere, man selbst aber hat noch Grund unter den Füßen, steht nicht im Sumpf, wie er es gerne hätte – man ist gerettet.«

»Das ist gut!«

»Was meint ihr, aus welchem Grund wohl alles das geschehen ist, was mir beim Erzählen manchmal Schwierigkeiten macht?«

»Wir wissen es nicht.«

Großvater runzelt die Stirn.

»Ihr macht mir Spaß: wißt es nicht. Einen Verstand habt ihr wohl nicht im Kopf?«

»Wir wissen ja nicht einmal, wovon du sprichst. Wir hören doch immer nur dir zu. Und da du nie darüber reden magst, wer hätte uns denn etwas sagen sollen? Bevor du es erwähnt hast, haben wir ja nicht einmal geahnt, daß da etwas war.«
»Um Ausreden seid ihr nie verlegen.«
»Wir sagen dir die reine Wahrheit.«
»Aber ich durchschaue euch: Ihr wollt mir ein schlechtes Gewissen machen. Damit ich alle meine Hemmungen und Bedenken abstreife. Damit ich blind drauflosplappere! Weil ihr in eurer Unvernunft kein Auge dafür habt, daß Hemmungen und Bedenken nicht des Erzählers Schande sind, sondern sein Vorzug.«
»Ach sei uns doch nicht böse. Du täuschst dich, auf Ehre und Gewissen, du tust uns unrecht. Wir wollen ja gar nicht hören, was du für dich behalten möchtest. Wir sind mit deinen Geschichten mehr als zufrieden. Wir wollen, daß alles zwischen uns so bleibt, wie es bisher gewesen ist. Wie können wir es dir nur beweisen?«
»Na gut, in Teufels Namen, weil ihr es seid. Wo waren wir stehengeblieben?«
»Du hattest uns gefragt, aus welchem Grund

wohl alles das geschehen ist, was dir manchmal beim Erzählen solche Schwierigkeiten macht.«
Großvater denkt nach.
»Nehmen wir ein Beispiel: Das Kind verbrennt sich. Die Mutter tut sofort Öl auf die Wunde, denn die Verbrennung soll nicht wehtun und schnell heilen. Zurück bleibt eine Narbe. Jahre später stellt sich heraus, daß Öl genau das Falsche war. Wasser hätte draufgemußt, klares kaltes Wasser. Aber die Mutter hat aus Liebe Öl genommen. Öl galt ihr ohne jeden Zweifel als das Beste. Von nun an nimmt sie bei Verbrennungen natürlich Wasser, denn jetzt weiß sie es besser. Verlangt ihr nun von ihr, daß sie sich mitten auf den Markt stellt, sich die Haare rauft und, für alle hörbar, schreit, wie schlecht sie doch ihr eigenes Kind behandelt hat?«
»Niemals würden wir das von ihr verlangen.«
»Das wäre ja auch noch schöner. Wo sie nur aus Liebe so gehandelt hat.«
»Das glauben wir dir aufs Wort.«
»Aus Liebe, Himmelherrgott! Und jeder, der etwas anderes behauptet, ist ein Lügner und Verleumder!«

»Reg dich doch nicht so auf.«
»Gebt es zu – ihr verschweigt mir etwas! Ihr denkt ich bin ein alter Trottel, der nichts merkt? Jetzt will ich endlich die ganze Wahrheit hören, raus damit!«
Großvater schlägt auf den Tisch.
»Was wißt ihr, und von wem wißt ihr es?«
»Um Himmels willen, wir wissen nichts. Wir verstehen nicht, worauf du hinauswillst. Die Sache mit der Mutter und dem Öl hast du doch eben erst erfunden. Wir haben es nie zuvor gehört. Niemals würden wir dir verschweigen, wenn es anders wäre.«
»Und warum seht ihr mich so mißtrauisch an?«
»Auch darin täuschst du dich. Ungeduldig sind unsere Blicke, nicht mißtrauisch.«
»Ungeduldig?«
»Weil wir es kaum erwarten können, daß du endlich loserzählst.«
»Ihr wißt, daß es nicht wenige sind, die mir das Wort im Munde umdrehen?«
»Du hast es uns so herrlich oft erklärt.«
»Ich kann nicht vorsichtig genug sein. Sie prüfen jeden meiner Sätze. Sie drehen ihn fünfmal um,

ob er ihnen etwas nützt, das heißt: ob sie ihn gegen mich verwenden können. Genau darum muß ich jedes meiner Worte doppelt prüfen, vor ihnen. Jetzt sagt mir: In wessen Interesse tue ich das?«

»In unserem, das ist doch klar.«

»Vergeßt es nicht. Und habt in Zukunft ein bißchen mehr Verständnis für meine Wachsamkeit, die ihr doch nicht für übertrieben haltet?«

»Aber nein.«

»Ohne sie wären wir schon wer weiß wo.«

»Aber ja. Fang doch bitte jetzt endlich zu erzählen an.«

Großvater wiegt noch ein wenig den Kopf, bevor er eine der Geschichten beginnt.

Die beliebteste Familiengeschichte

Es ärgert mich schon sehr, daß die Gewohnheit, von der die Rede sein wird, vor meiner Zeit entstand und vor meiner Zeit verging. Damals war die Familie noch weitverzweigt – ich habe das Wort *unüberschaubar* im Ohr –, und um sie an einem Ort zu versammeln, brauchte es einen mächtigen Anlaß. Gewöhnliche Geburtstage genügten da nicht. Meine einzige Brücke zu jener Zeit, die mir am treffendsten mit *damals* bezeichnet vorkommt, war mein Vater. Als er starb, hatte ich nicht das Gefühl, umfassend über *damals* unterrichtet worden zu sein; die Informationen, die ich von ihm erhalten hatte, kamen mir plötzlich wichtiger vor als ehedem. Ich wußte, daß keine neuen mehr hinzukommen würden, von wem denn, und ich empfand die spärlichen Erzählungen jetzt wie einen Vorrat, mit dem ich sorgfältig umzugehen hatte.

Meist waren es Geburten, die von überallher unsere Familie zusammenbrachten. Nicht etwa, daß jemand es so beschlossen hätte, doch schrie, sooft mein Vater sich erinnerte, immer irgendwo im Haus ein Säugling, wenn alle beieinandersaßen. Zufall? hat er mich, der ich ja nur bei meiner eigenen Geburt dabeigewesen bin, einmal gefragt. Er hat ein bißchen abgewartet und dann den Kopf geschüttelt, so entschieden, als ginge mein Verdacht in eine selten dumme Richtung. Wenn aber kein Zufall, hat er mich dann gefragt, was steckte sonst dahinter? Ich habe dagesessen und getan, als quäle es mich, die Antwort nicht zu wissen; und wenig später, nachdem ich ihm lange genug mit den Schultern gezuckt hatte, erfuhr ich, daß Geburten sich aus verschiedenen Gründen für Familientreffen eignen: Erstens kommen sie selten vor, seltener als zum Beispiel Geburtstage. Zweitens hat jeder anständige Mensch das Bedürfnis, ein neues Familienmitglied zu sehen und anzufassen und zu küssen, denn Familiensinn ist, laut meinem Vater, nicht nur eine Theorie. Drittens kann man, nachdem man das neue Kind bewundert und die Geschenke abgegeben hat, ohne Umweg zum wahren Grund seines Besuchs kommen: Man kann sich gegenseitig fragen, was die Gesundheit

macht, wie die Geschäfte gehen, was seit der letzten Geburt an Neuigkeiten anliegt, und kein Mensch fühlt sich übergangen: das Baby sowieso nicht, die Mutter ist mit ihrem Kind beschäftigt und mit den Geschenken, und der Vater ist entweder betrunken oder vor Glück ganz dumm. Und viertens, erklärte mir mein Vater, machen Geburten die Besucher auf sonderbare Weise fröhlich, sobald die Tür sich ihnen öffnet. Deshalb wohl, weil alle immer guter Stimmung waren, wurden einige Geschichten gar nicht erst erzählt und andere immer wieder.
Onkel Gideon, der Besitzer der beliebtesten Familiengeschichte, muß ein imposanter Mann gewesen sein. Meist ist es auf größeren Gesellschaften doch so, daß an die hundert Gespräche nebeneinanderher laufen, und was dem zufällig ins Zimmer Tretenden wie ein unverständliches Stimmengewirr vorkommt, hat in Wirklichkeit hundert verschiedene Bedeutungen. Wenn Onkel Gideon aber sprach, schwiegen die anderen. Er war nicht etwa der Reichste der Familie, das ganz gewiß nicht; er war auch nicht der Ärmste, doch mußte niemand fürchten, durch den Ent-

zug seiner Gunst in eine Notlage zu geraten. Er ließ sich stets, bevor er die Geschichte zu erzählen anfing, eine hübsche Weile bitten, das wußte jeder. Man bat ihn so, als sei das Bitten schon ein Teil der Geschichte, als könne er gar nicht anfangen, bevor man ihn nicht lang genug gebeten hatte. Jeder spürte deutlich den Augenblick kommen, da unser Onkel an der Reihe war zu sagen: Na schön.

Er war schon ziemlich alt, als seine Geschichte zu solchem Ansehen gelangte. Mein Vater beschrieb mir seinen Mund und die Narbe auf seiner Stirn und sein Haar und auch die Art, wie er sich kleidete und was er beim Erzählen mit den Händen machte. Einmal sagte mein Vater: Gideon war schon ein sehr alter Mann, als sie ihn nach Maidanek brachten, aber trotzdem.

Aus welchem Grund die Geschichte so beliebt wurde, weiß ich nicht. Manchmal ist mir, als hätte ich sie vor langer Zeit schon irgendwo gehört, ohne daß mein Onkel Gideon darin vorgekommen wäre; doch kann es sein, daß ich mich täusche. Ich finde sie nicht schlecht, so bedeutend aber auch nicht. Ihr großer Erfolg muß mit Onkel Gideons Ausstrahlung zu tun gehabt haben, oder mit dem Geschmack der damals Anwesenden, auf jeden Fall mit etwas mir Verborgenem. Mein Vater hat sie mir zehn- oder zwanzigmal erzählt, als fühlte er sich verpflichtet, die Tradition fortzuführen, nach der die Geschichte immer wieder erzählt zu werden hatte. Erst ein so Starker wie der Tod hat es fertiggebracht, die Sache aufzuhalten. Und weil ich kein undankbarer Sohn sein will, andererseits aber auch keine Lust habe, so übertrieben lange bei ein und derselben Geschichte zu bleiben, schreibe ich sie mir nun vom Hals. Jedesmal hat mein Vater getan wie jemand, der eine Geschichte zum erstenmal erzählt. Er wollte meine Neugier spüren und meine Überraschung auskosten und mich immer wieder auf die Folter spannen. Doch gestehe ich, ob nun gern oder ungern, daß Onkel Gideons Geschichte auch mir von Mal zu Mal besser gefiel.

Bevor ich sie weitergebe, ist eine letzte Schwierigkeit zu überwinden, oder richtiger: Ich will sagen, wie ich diese Schwierigkeit umgehe. Die

Geschichte hat nämlich viele verschiedene Versionen. Bei jeder Erzählung meines Vaters klang sie anders, wenngleich es sich natürlich stets um Onkel Gideon handelte, der in jeder Version geschäftlich nach London fuhr. Nahezu alles übrige aber muß mit Vorsicht angesehen werden, denn die meisten präzisen Angaben, die beim Geschichtenerzählen doch nicht immer vermeidbar sind, stellen gewissermaßen Mittelwerte dar. Ich habe sie mir aus den Abweichungen, die meinem Vater in jede Richtung hin unterliefen, selbst errechnet. Leider taucht mit jetzt erst die Frage auf, ob nicht vielleicht schon Onkel Gideon Urheber der verschiedenen Versionen gewesen ist; und ob nicht am Ende gerade darin das Geheimnis seines überragenden Erfolges bestand. Die beliebteste Familiengeschichte also:

1922, während der kühlen Jahreszeit, fährt Onkel Gideon nach London. Nicht zu seinem Vergnügen etwa, wie ein Fremder vermuten könnte; zwei Maschinen sind zu kaufen für die Strumpffabrik, deren Direktor er so gut wie ist. Onkel Gideon haßt weite Reisen.

Groß verlassen hat er Lublin noch nie, obwohl er beinah sechzig ist, einmal ist er bis Lemberg gekommen, ein paarmal bis Krakau in die andere Richtung, nicht gerechnet die und jene Urlaubsreise, zumeist nach Zopot. Onkel Gideon hat es gern zu sagen: Reisen ist der Zeitvertreib der Unzufriedenen. Er pflegt hinzuzufügen: Wer nicht die Welt bei sich zu Hause findet, der ist auch nicht zu Hause in der Welt. Er läßt ein kleines Schweigen folgen, jedesmal, dann steckt er sich eine Zigarre in den Mund. Auf diese Reihenfolge ist Verlaß, und in der kurzen Pause zwischen beiden Sätzen nimmt Onkel Menachem schon die Schachtel mit den Hölzchen in die Hand.

Jedenfalls, Onkel Gideon fühlt sich zu Hause wohler als an jedem anderen Ort. Er blickt zu seiner Frau wie zum Beweis, zu Tante Linda, da schauen alle anderen auch auf sie. Und schon wird rundherum zum ersten Mal gelächelt, weil Tante Linda ein wenig zu gewaltig ist, als daß man Onkel Gideons Worten so ohne weiteres glauben möchte. Am Ende meint er haargenau das Gegenteil, doch weiß das keiner, selbst Tante

Linda lächelt und scheint sich über ihres Mannes Lob zu freuen.
Onkel Gideon reist also ohne Lust nach London, schon bei der Überfahrt, auf dem Kanal, hat er ein seltsames Gefühl. Das Wasser ist ruhig, nicht nötig die Angst vor der Seekrankheit; der Onkel hat dreierlei Tabletten bei sich, sein Magen ist von Kindheit an empfindlich. Der Steward verschüttet Kaffee auf den Plaid, der über Onkel Gideons Beine ausgebreitet ist, entfernt die Decke aber schnell genug, so daß Onkels Hose – die dunkelbraune aus belgischem Wollstoff, wirft Tante Linda ein – nichts abbekommt. In London dann ist Nebel, wie man es aus den Illustrierten kennt. Den Onkel überrascht das nicht. Es fährt ihn eine Kraftdroschke zu dem Hotel auf seinem Zettel. Nicht zwanzig Meter weit kann man sehen, der englische Chauffeur aber rast, als ginge es durch allerschönstes Wetter, er fährt sich um ein gutes Trinkgeld.
Das Hotelzimmer, nach überstandener Angst, ist wie ein Hotelzimmer, das Essen aber ganz und gar nicht wie ein Abendbrot. Mit der Suche nach einem koscheren Restaurant beginnt es, mit

der vergeblichen, nach einer Stunde abgebrochenen. Onkel Gideon will nicht so weit gehen zu behaupten, in ganz London gäbe es kein koscheres Restaurant; doch was er verantworten kann zu sagen ist, daß solch ein Restaurant, im Falle es existiert, von einem Fremden so gut wie nicht gefunden werden kann. Hungrig geht er zu Bett, bis der empfindliche Magen, man erinnert sich, ihm seinen tugendhaften Plan zerschlägt. Der Onkel wandert hin und her im düsteren Zimmer, auf Leibschmerzen zwar nicht vorbereitet, doch in jedem Augenblick gefaßt. Auf einmal bleibt er vor der Frage stehen, wie er die Woche London ohne Nahrung überleben soll. Er findet keine Antwort und stellt dieselbe Frage auch dem lieben Gott, selbst der muß überlegen. Ein längerer Disput, ein freundschaftlich geführter, hat zur Folge, daß Onkel Gideon sich wieder anzieht, das Haarnetz ablegt und in das Restaurant hinuntergeht. Der Gott der Juden ist ein einsichtiger Gott, sagt, so mein Vater, Onkel Gideon: er läßt mit sich reden. Doch kein Wort weiter über englisches Essen in Hotels, sagt Onkel Gideon und scheucht mit der gespreizten

Hand die Gedanken daran fort, schlägt mit der anderen ein paarmal auf sein spitzes Bäuchlein. Er sagt: Wenn dieses Essen nur so leicht zu schlucken wie zu vergessen wäre.

Worum es aber geht: Es ist ein Aufenthalt von einer Woche Länge vorgesehen, nach kaum drei Tagen sind die Maschinen schon gekauft. Zu günstigsten Bedingungen, wie es sich fast von selbst versteht – schick Onkel Gideon etwas kaufen, und er kommt dir mit mehr Geld zurück, als du ihm mitgegeben hast. Rot vor Begeisterung, ruft Onkel Julian: Gideon, du alter Unmensch, warum zum Teufel wirst du nicht mein Kompagnon? Onkel Gideon antwortet ihm ruhig: Laß uns ein andermal darüber sprechen, wenn du deine Bücher bei dir hast, es ist dann leichter zu erklären. Natürlich lachen wieder alle, am lautesten Onkel Julian selbst, was hat er auch erwartet bei solch einer Frage.

Onkel Gideon aber hat vier freie Tage vor sich und weiß noch nichts mit ihnen anzufangen. Die meisten Sehenswürdigkeiten hat er nebenbei besichtigt, wer kann von früh bis nachts verhandeln, den Palast der Königin, gewisse Türme, gewisse Brücken, auch einen Platz mit italienischem Namen, auf dem es ähnlich wimmelt wie auf dem Markt von Lublin, auf dem es aber längst nicht so gut riecht. Museen sind nicht Onkel Gideons Sache. Er fragt sich, ob die vier Tage vielleicht dann am besten angelegt sind, wenn er die Rückfahrt vorverlegt und London London sein läßt. Andererseits ist das Hotelzimmer im voraus schon bezahlt, am dritten Tag kommt es einem nicht mehr ganz so fremd vor. Auch wäre, um die Rückfahrt umzubuchen, Hilfe nötig, Onkel Gideons Englisch versteht ja niemand hier. Und schließlich, nüchtern überlegt: Wann kommst du schon nach London? Nebel hin und Nebel her, immerhin ist es eine Weltstadt. Onkel Gideon entscheidet, daß Furcht und Heimweh übertrieben sind für einen Mann in seinem Alter. Er bleibt die volle Woche in der Stadt und gibt dem Kommenden gottlob die Möglichkeit, so sagt mein Vater, sich zu ereignen.

Wenigstens von Tee verstehen sie etwas, die Engländer, Tee nehmen sie ernst, der Onkel lebt von Tee und Kuchen, der ihm nicht ganz so unge-

nießbar vorkommt wie die anderen Speisen. Und dabei ißt er zu Hause nie etwas Süßes, sagt Tante Linda manchmal unzufrieden. Am vierten Tag stellt unser Onkel fest, daß sich der Gürtel seiner Hose um zwei Löcher enger schnallen läßt, soll er sich nun darüber freuen oder nicht? Tante Linda sagt: Ich hab die Knöpfe an allen seinen Hosen, wie er heimgekommen ist, um solch ein Stück versetzt. Der Onkel nickt, dann sagt er: Aber vier Wochen später mußten sie zurück an die alte Stelle.
Am fünften Tag legt sich auf seine Schulter eine Hand, kaum hat er das Hotel zum Spazieren verlassen. Ein gewisser Silverstone hält ihn fest, einer von den Leuten, mit denen unser Onkel Verhandlungen zu führen hatte. Silverstone sagt: Hallo, alter Junge (so reden sie alle dort in England), ich denke, Sie sind längst wieder auf dem lausigen Kontinent?
Einen Moment lang hält Onkel Gideon das Wort *lausig* für den Ausdruck von Vorurteilen, betreffend die hygienischen Verhältnisse in Galizien. Er zieht die Augenbrauen schon hoch und will schon antworten, gerade in der letzten Nacht

erst habe er in seinem feinen Hotelzimmer nicht weniger als vier Wanzen töten müssen; doch schnell begreift er, daß Silverstone nur die allgemein übliche lässige Sprache spricht und sich nichts Böses denkt. Einmal fragt Tante Annette: Sag, Gideon, hast du wirklich vier Wanzen in dem Bett in dem Hotel gefunden? Und Onkel Gideon gibt zur Antwort: Ist das von Wichtigkeit?
Silverstone jedenfalls hört von des Onkels Absicht, sich ein paar Tage ohne Plan in London aufzuhalten, worauf er ausruft: Warum haben Sie denn nichts davon gesagt!
Onkel Gideon beschreibt ihn als einen Menschen, der viel ruft und nicht so sehr viel sagt, das habe die Verhandlung mit ihm kolossal erleichtert. Der Onkel muß sofort sein Gast sein und muß sich mit ihm in ein Teehaus setzen, obwohl er den Frühstückstee kaum hinter sich hat. Doch ist für Silverstone der Tee nur Vorwand zum Whiskytrinken, für jeden bestellt er ein großes Glas, am Vormittag, an einem beliebigen Tag der Woche, so geht das zu in England. Noch heute schüttelt es unseren Onkel, sobald

er daran denkt, wie er sich Schluck für Schluck Whisky hinunterquälen mußte, da half kein Sträuben. Ein Gläschen Wodka gießt er ein, bei dieser schrecklichen Erinnerung, und trinkt es leer in winzigen Schlückchen, und mein Vater zwinkert mir zu, wie Gideon seine Geschichte zu erzählen weiß.
Mr. Silverstone trinkt also gerne, da spielt die Tageszeit nicht die ausschlaggebende Rolle. Onkel Gideon muß sich mitbetrinken, erstaunlich gut hält sich sein Magen, nur wird er niemals wieder eine Auslandsreise unternehmen. Silverstone überschüttet ihn mit Ratschlägen, was an den zwei verbleibenden Londoner Tagen noch besichtigt werden sollte; doch Onkel Gideon weiß sofort, daß nichts davon ihn interessiert. Hunderennen, sagt er und hebt die Schultern hoch bis zu den Ohren. Könnt ihr euch vorstellen, fragt er, daß ein erwachsener Mensch sich ruiniert, weil der eine Hund schneller laufen kann als der andere? Ohnehin hat er sich für seinen letzten Abend ein Konzert vorgenommen, Mendelssohn in der Albert-Hall, da ist er ohne Englisch nicht im Nachteil.

Am Nachmittag, als London sich schon recht schnell um den Onkel dreht, hätte er auf ein Schläfchen Lust, doch nicht bei Silverstone. Unerbittlich führt der ihn immer weiter, kauft immer neue Gläser und hält sich für den besten Gastgeber. Kurz prüft Onkel Gideon den Gedanken, ob Silverstone sich gar auf diese Weise an ihm rächen will: weil die Verhandlungen so anders verlaufen sind, als er es sich wohl erträumt hat. Doch verwirft unser Onkel den Verdacht sofort, denn Silverstone fällt solche Hinterlist im Traum nicht ein. Man braucht ihn sich nur anzusehen, es handelt sich um Herzlichkeit, wenn auch um eine Art von Herzlichkeit, die zu ertragen harte Arbeit ist.
Zwischen zwei Schnäpsen auf der Straße schlägt Silverstone dem Onkel plötzlich so derb auf den Rücken, daß dieser fast vom Weg abkommt. Ich hab's! ruft er, und unser Onkel fragt erschrocken: *Was* haben Sie? Silverstone schweigt jedoch und lächelt, er wiegt den Kopf nur hin und her wie jemand, der fast erstickt an einem guten Einfall, ihn aber nicht verraten will. Onkel Gideon hätte da schon stutzig wer-

den müssen, heute weiß er es, heute ist er klüger. Damals wundert er sich nur ein bißchen und hält fast alles, was dieser Silverstone tut und läßt, für eine unverständlich englische Art, sich zu benehmen.

Silverstone fragt: Was halten Sie davon, alter Freund, in meinen Club zu gehen? Längst hat der Onkel aufgehört, sich zu wehren; er weiß genau, daß es nichts nützen würde zu sagen: Ich halte nichts davon. Er gibt zur Antwort: Meinetwegen in den Club. Silverstone schlägt die neue Richtung ein, durch ein paar krumme Straßen und durch ein paar gerade, auf einmal bleibt er stehen. Auf einmal will er wissen, ob Onkel Gideon schon je an einem Kostümfest teilgenommen hat. An einem Kostümfest? sagt unser Onkel, nun wirklich sehr erstaunt, was Sie nur reden.

Silverstone ist nämlich eingefallen, daß er für morgen zum Kostümfest eingeladen ist, zum besten in der Stadt. Unglücklicherweise ist er ausgerechnet morgen verhindert, für morgen abend hat sich ein türkischer Geschäftsfreund angemeldet, die Firma treibt Handel mit der halben Welt.

Falls aber Onkel Gideon an seine Stelle treten möchte, so übernimmt er jede Garantie, daß es den Gastgebern des Festes eine Freude wäre und eine große Ehre noch dazu. Onkel Gideon muß wiederholen: Was Sie nur reden.
Dann sitzen sie im Club, zu dem nicht mehr zu sagen ist, als daß er sich in Lublin nicht einen Monat über Wasser halten könnte. In einem der Räume entdeckt Onkel Gideon Schachspieler. Er sieht ein wenig zu, bald weiß er, wie leicht er fertigwerden könnte mit den meisten hier; trotzdem läßt er sich nicht ein mit ihnen, denn sie spielen lächerlich ernsthaft, sie schweigen sich verbissen an und strafen dich für jeden unschuldigen Rat mit bitterbösen Blicken. Silverstone kommt immer wieder auf diese Kostümfestangelegenheit zu sprechen, und unser Onkel schüttelt immer wieder nur den Kopf. Dabei hat er längst angefangen, sich zu fragen, warum er so dagegen ist. Er fragt sich auch: Was will ich sonst hier tun? Die Kirchen interessieren mich nicht und die Schlösser nicht und nicht die Ausstellungen, wozu bin ich hiergeblieben, wenn nicht die Sitten und Gebräuche dieser merkwürdigen

Menschen kennenzulernen? Das alles fragt sich Onkel Gideon, und schließlich fragt er Silverstone: In welcher Sprache aber soll ich mit den Leuten sprechen?

Da weiß Silverstone, daß er gewonnen hat. Er antwortet, die Gastgeber sprächen, wenn auch nicht polnisch, so doch ganz vorzüglich deutsch, und ein Strahlen legt sich auf sein Gesicht. Viel zu spät, erst heute, fragt sich Onkel Gideon, was einer so zu strahlen hat, nur weil ein anderer bereit scheint, an seiner Stelle ein Kostümfest zu besuchen. Mendelssohn kann ich auch bei uns zu Hause hören, denkt unser Onkel damals nur, wahrscheinlich besser als in irgendeinem London. Silverstone schreibt schon den Namen jener Leute auf, darunter die Adresse, gleich morgen früh wird er sie antelefonieren, damit der Onkel auch erwartet wird.

Als was man hierzulande zu einem Kostümfest denn so geht, fragt unser Onkel im Verlauf des Abends. Darüber soll er sich nur nicht den Kopf zerbrechen, wird ihm geantwortet, man zieht sich an, was einem gerade in die Finger kommt. Er, Silverstone, habe es immer so gehalten, daß ihm die Andeutung eines Kostüms schon als Kostüm genügte. Ein Hütchen sei da ausreichend oder die erste beste Pappnase, sagt Silverstone und lacht sich plötzlich halb kaputt. Sollte Onkel Gideon allerdings, was die Verkleidung angeht, Ehrgeiz spüren, sagt Silverstone, so ließe sich mit ziemlicher Gewißheit ein Kostümverleiher finden, sogar in der Umgebung des Hotels. In London gäbe es Kostümverleiher wie Sand am Meer. Onkel Gideon als Dschingis Khan, sagt Silverstone und lacht von neuem, und diese Vorstellung findet selbst der Onkel spaßig, *damals.* Wie sie so sitzen und trinken und später wieder essen und sich unterhalten, da kommt ein Augenblick, in dem der Onkel klar und überzeugend spürt: Zu einem Kostümfest eingeladen zu werden ist eigentlich das Beste, was einem Fremden in London widerfahren kann.

Dann ist der nächste Tag da, am frühen Morgen schon fangen des Onkels Probleme mit dem Abend an. Er liegt behaglich auf dem Rücken, als ihm unverhofft der Gedanke kommt: Was hat ein Jude aus Lublin auf einem englischen Kostümfest zu suchen? Ein paar Minuten quält er sich mit dieser Frage, bis ihm eine andere einfällt: Warum soll ein Lubliner Jude in England nicht auf ein Kostümfest gehen? Die klingt ihm überzeugender, die duckt sich nicht so vor dem Ungewohnten. Und in der Badewanne überlegt er bereits, wie er sich kleiden soll. Beim Frühstück denkt er an seinen alten Grundsatz, der ihn zu dem gemacht hat, was er heute ist: Wenn du schon etwas tust, dann tu es richtig. Als Folge davon muß der Kellner kommen und muß ihm die Adresse des nächsten Kostümverleihs beschaffen; der ist nicht weit, wie Silverstone es prophezeit hat.

Unser Onkel wandert zwischen Kleiderständern umher und weiß nicht, wie sich entscheiden, denn er hat keine Lust, von den Räubern und Piraten oder von den Königen und Edelmännern einer zu werden. Fast will er schon als Onkel Gideon aus Lublin gehen, da packt ihn ein alter Kinderwunsch, genau vor dem Regal für Kopfbedeckungen: der traurige bleiche Clown zu sein, über den man nur deshalb lacht im Zirkus, weil er nichts versteht und sich doch immer für den Klügsten hält. Er leiht sich alles, was dazugehört, die Pluderhose, ein silberfarbenes Seidenhemd mit großen schwarzen Knöpfen, die hohe spitze Mütze, die unterm Kinn von einem Bändchen gehalten werden muß. Im Hotel fällt ihm ein, daß sein Clown nicht nur bestimmte Kleider trug, daß er auch ein bestimmtes Gesicht hatte, ein unglaublich weißes mit runden schwarzen Augen drin. Da kauft der Onkel auch noch weiße Schminke und schwarze Schminke, und Tante Linda muß den Kopf schütteln, was für verrückte Einfälle ihrem Gideon früher gekommen sind.

Den halben Tag steht er vor dem Spiegel und zieht und malt sich an. Es dauert lange, bis das Gesicht ihm einigermaßen so gelingt, wie er es in Erinnerung hat. Die Augen, sagt er, die Augen haben mich zur Verzweiflung gebracht. Immer wieder wäscht er sich die Farbe vom Gesicht, nimmt schließlich, als die Haut schon rot vom vielen Reiben wird, ein Blatt Papier zu Hilfe, auf dem er immer wieder Augen ausprobiert. Erst spät entdeckt er seinen Fehler: Er hat die Wimpern wie normale Wimpern gemalt, in Wirklichkeit müssen es dicke kurze Striche sein, wie

Strahlen rings um eine Kindersonne. Und mitten unter jedem Auge muß ein kleiner runder Punkt sein, der Gott weiß was zu bedeuten hat, den Blick jedoch verwundert und irgendwie auch traurig macht. Onkel Gideon überträgt den Entwurf vom Papier auf sein Gesicht und ist am Ende doch zufrieden.

Es wär' gelogen zu sagen, gesteht der Onkel, daß er sich nicht ein wenig überwinden mußte, in seinem Aufzug das Zimmer zu verlassen. Aber auf welchem anderen Wege, fragt er, hätte man zu dem Kostümfest kommen können, und niemand weiß es. Natürlich zieht er einen langen Mantel über alles. Auf den Kopf setzt er seinen gewöhnlichen Hut, den jeder kennt, die spitze Mütze wird in Papier gewickelt und unterm Arm getragen. Er geht die Treppe hinunter, begegnet keinem Menschen, und die Hotelhalle ist auch leer. Des Onkels Entschlossenheit, von spöttischen Blicken nicht beschämt zu sein, ist ganz umsonst, denn bis zur Straße trifft ihn kein solcher Blick. Es ist längst dunkel, und es regnet zum Glück nicht, so muß er sich um sein Gesicht nicht sorgen. Er setzt sich in ein Taxi und sagt: In London mußt du gut auf deine Hände achten, warum? Kaum streckst du eine aus, schon hält ein Taxi. Er zeigt dem Fahrer seinen Zettel, der nickt und weiß, wie er zu fahren hat.

Dann steht der Onkel vor dem Haus am Stadtrand. Das Gelächter greift um sich, weil jeder ahnt, was gleich geschehen wird; und wer es noch nicht ahnt, der weiß es doch zumindest. Spätestens jetzt fingern die Damen Tüchlein aus ihren Taschen, während der Onkel durch einen englischen Garten auf das Haus zuschreitet. Er bleibt ein letztes Mal stehen, zählt nur die Fenster, die erleuchtet sind, und kommt auf eine Zahl, die keiner glauben würde. Und hat vor dem Anklopfen ein letztes Problem, die Sache mit den Hüten: Einen trägt er auf dem Kopf, den Kostümhut noch immer unterm Arm, doch Onkel Gideon will nicht jemand sein, der nachher dasteht mit zwei Hüten in der Hand. Einen muß er beim Klopfen also aufbehalten, er weiß im Augenblick nicht welchen. Nach kurzem Klären trifft er die Entscheidung: Die hohe spitze Mütze kommt auf den Kopf, der gewöhnliche Hut wird ins Papier gewickelt und im Gebüsch versteckt. Dem Onkel ist, als dringe aus dem Haus Musik, doch kann er sich auch täuschen. Er zieht die Glocke, und als man Schritte durch die Tür hindurch vernimmt, steht unser Onkel Marian auf, um sich das übrige im Stehen anzuhören.

Es wird ja schon die Tür geöffnet von einem Butler, wie man ihn vom Lubliner Stadttheater kennt. Sekundenlang denkt Onkel Gideon, die backenbärtige Person gehöre, wie er selbst, als Gast zu dem Kostümfest. Der Mann stellt eine Frage, die Onkel Gideon natürlich nicht versteht, doch rechnet er sich geistesgegenwärtig ihren Sinn aus. Er kramt ein Visitenkärtchen aus der Tasche und legt es aufs Tablett, das ihm der Butler hinhält und das, wenn unser Onkel sich nicht täuscht, aus Silber ist. Jetzt endlich gibt man ihm den Weg frei, doch unterschätzt der Onkel die Höhe der Mütze auf seinem Kopf. Sie stößt gegen den Türrahmen, rutscht in des Onkels Genick und würgt ihn ein wenig mit dem Bändchen, der Butler schließt die Tür. Noch einmal sagt er ein paar von seinen Worten, dann rückt er einen Stuhl zurecht und geht davon mit dem Visitenkärtchen. Der Onkel setzt sich aber nicht, weil ihm der Spiegel an der Wand jetzt wichtiger ist. Er rückt die Mütze an ihren Platz zurück, er prüft den Sitz der Bluse, vor allem prüft er sein Gesicht, mit dem er nach wie vor zufrieden ist bis auf die Stirn, dort ist aus irgendwelchen Gründen ein Loch im Weiß. Dann hört er eine weit entfernte Stimme, die einem englischen Kind gehört, und hört im gleichen Augenblick, daß doch keine Musik im Haus ist, wie er draußen meinte. Zum erstenmal spürt er einen Hauch von Unbehagen, er weiß noch nicht genau warum. Doch Onkel Menachem, mit der Krawatte in der Hand, ruft jetzt schon: Geh endlich rein ins Zimmer, wer hält denn das noch aus!

Der Butler kommt zurück und hat noch immer nicht begriffen, daß unser Onkel seine Sprache nicht versteht. Er nimmt dem Onkel den Mantel aus der Hand, wenigstens das versteht man, es heißt soviel wie: Man erwartet Sie. Der Onkel folgt ihm, um viele Ecken, in einen großen, nicht sehr hellen Raum, der etwas kühl ist, wie alle

Räume offenbar in England. Vom Kamin her kommt der Hausherr Onkel Gideon entgegen, ein unscheinbarer Mensch, so wie man ihn zu Dutzenden im Club gesehen hat; er kommt mit einer ausgestreckten Hand, in die der Onkel seine legt. Der Hausherr sagt, wie außerordentlich ihn der Besuch des Onkels freue, in gut verständlichem Deutsch. Der Onkel bedankt sich in der gleichen Sprache für die Einladung, wobei er sich über das einfallslose Kostüm des Hausherrn ein wenig wundert: schwarze Jacke, graue Hose, weißes Hemd, Krawatte und nichts dazu. Erst dann bemerkt er die Dame in ihrem Lehnstuhl, und er geht zu ihr. Sie hält, bezaubernd lächelnd, die Hand auf eine Weise hoch, daß Onkel Gideon sie zur Begrüßung küssen muß, so viel versteht er von der Sache. Er tut es, gleichzeitig hält er mit der freien Hand die hohe Mütze, weil sie nicht fest genug für eine Verbeugung sitzt. Das Kleid der Dame kommt ihm schon origineller vor, es ist ein bodenlanges rotes mit weißem Spitzenkragen, wie es vor siebzig oder achtzig Jahren die feinen Damen in Galizien trugen. Sonst ist noch niemand da.

Der Onkel sitzt im Sessel am Kamin und ärgert sich, weil er so früh gekommen ist, weil Silverstone wahrscheinlich eine falsche Anfangszeit gesagt hat. Der Butler quält und quält ihn, indem er immer neue Fragen stellt, Onkel Gideon blickt um Hilfe. Der Hausherr übersetzt, ob Sherry oder Portwein oder Tee gewünscht wird, und Onkel Gideon entscheidet sich für Tee, solange er der einzige Gast ist. Dann, während man auf die Getränke wartet, sieht er einen Hund im Zimmer liegen. Doch was sag ich Hund, sagt Onkel Gideon und hält sein Weinglas hoch, damit ihm nachgegossen wird, bei uns in Lublin sagt man Pferd dazu. Dann sieht er auch, daß keine Gläser in dem Zimmer stehen und nirgends Flaschen mit Getränken, und auch daß keine Stühle da sind für weitere Gäste, was soll denn das für ein Kostümfest werden? Und zum zweitenmal spürt der Onkel ein Unbehagen, jetzt heftig.
Mein Vater, wenn ich das einflechten darf, war immer ziemlich aufgelöst bei diesem Stand der Dinge, meist schon davor. Meist kam ich ihm nicht amüsiert genug vor, doch war das nie ein

großes Hindernis. Nur einmal hat er geseufzt und zu erzählen aufgehört, bis ich ihn fragte, was geschehen sei. Da hat er mir gestanden, um wieviel lieber er die Geschichte hören würde, anstatt sie zu erzählen. Ich habe überlegt, ob ich ihm nicht den Vorschlag machen sollte, unsere Rollen zu tauschen. Ich habe darauf verzichtet, weil es mir ungehörig zu sein schien. Wahrscheinlich wäre er auch nicht darauf eingegangen. Er führte mir schon vor, wie unser Onkel dasitzt, unter der hohen Mütze mit dem Tee. Der Hausherr möchte wissen, ob Onkel Gideon zum erstenmal in London ist. Dann fragt er, wie lange unser Onkel Herrn Silverstone schon kennt. Der Onkel sagt die Wahrheit: persönlich erst seit ein paar Tagen, von Briefen schon geraume Zeit. Der Hausherr wechselt einen Blick mit seiner Dame, einen beunruhigend langen, bevor er traurig lächelt und sagt: Er ist schon immer ein etwas eigenartiger Mensch gewesen, dieser Herr Silverstone.

Von einem Augenblick zum nächsten beschließt der Onkel, sich von der Mütze zu befreien, um jeden Preis. Er denkt: Ich werde es ja wohl fertigbringen, eine Mütze vom Kopf zu nehmen. Er beugt sich vor zu einem kleinen Tisch und stellt die Tasse mit dem Tee ab, da hebt der Hund den Kopf und knurrt. Das Pferd! schreit Tante Esther oder Tante Moira und schlägt dem derb auf seine Schulter, der gerade vor ihr sitzt. Onkel Gideon aber führt trotzdem seinen Plan aus: er öffnet das Riemchen unterm Kinn, er nimmt seine Mütze ab, er stellt sie auf den Boden neben den Stuhl. Er spürt im selben Moment eine Erleichterung, die wir, die nie in solcher Lage gewesen sind, ihm gar nicht nachempfinden können.

Die Dame erkundigt sich, wie London Onkel Gideon gefällt. Der Onkel sagt nicht ganz die Wahrheit, indem er London lobt, als habe er die Aufgabe, es zu verkaufen. Nur über die englische Art zu essen beklagt er sich ein wenig, das wird man dürfen nach all den Qualen. Die Dame entgegnet, Geschmack sei eine Sache der Gewöhnung, sie könne gut verstehen, daß jeder seine heimatliche Küche für die beste halte. Das streitet Onkel Gideon ab. Er bittet die Dame, sich vorzustellen, daß ein Mann vom, sagen wir,

Mond zur Erde käme und die englische Küche mit, sagen wir, der französischen vergliche. Der Hausherr sagt: Der Mann vom Mond ißt lieber auf französisch, da bin ich sicher. Der Onkel lächelt aus Höflichkeit, es ist nicht seine Sache, für nichts und wieder nichts zu streiten. Allmählich fängt er an zu überlegen, was Silverstones Motiv gewesen ist, ihm diesen Abend anzutun. Der Butler kommt zurück mit frischem Tee, und unser Onkel fügt hinzu, der englische Tee dagegen sei der beste weit und breit.

Dann hört man Klingeln an der Tür. Unserem Onkel hüpft sofort das Herz bei dem Gedanken, nun seien doch noch andere Gäste da, nun kämen doch noch die Toreros und die Schönen Helenas. Insgeheim annulliert er die Morddrohungen gegen Silverstone und macht die Flüche ungedacht; schon fällt sein Blick auf die Mütze am Boden, die gleich, wenn alles gutgeht, ihren Dienst wieder anzutreten hat. Der Hausherr und die Dame sprechen ein paar Worte miteinander, der Onkel schlürft den heißen Tee und richtet seine Ohren starr nach draußen. Die Tür geht auf, im Rücken Onkel Gideons leider, der

Selbstbeherrschung genug besitzt, nicht den Kopf zu wenden. Die Dame sagt, vorbei an Onkel Gideon, in ihrer Sprache einen Satz, der einen Vorwurf zu enthalten scheint, dem Klang der Stimme nach. Wenn unser Onkel sich nicht täuscht, sind ihre Worte an ein Kind gerichtet. Er rafft sich auf und überwindet seine Selbstbeherrschung und dreht den Kopf, doch viel zu spät, die Tür ist wieder zu. Der Hausherr entschuldigt sich für den kleinen Zwischenfall, und Onkel Gideon weiß gar nicht, was geschehen ist. Ihm fällt das Sprechen noch schwerer von diesem Augenblick an, denn immer mächtiger muß er an Silverstone denken.

Du armer, armer Mann, sagt Tante Miriam, und niemand weiß, ob sie dem Lachen oder dem Weinen nah ist. Onkel Menachem sagt: Ich hätt' ihn umgebracht, ich schwör' es dir, ich hätt' ihn umgebracht. Der Onkel antwortet: Das war mein einziger Gedanke an diesem Abend.

Ach, unser Onkel denkt jetzt nur noch ans Überleben; er taugt nicht mehr für das Gespräch, an dem er sich mit halbem Ohr beteiligt, von Zeit zu Zeit erschießt er Silverstone und stößt ihn einen hohen Berg hinunter. Er sagt nur ja und nein und ist ein miserabler Gast, bis ihn, ganz unverhofft, ein Mitleid mit der Dame und mit dem Hausherrn packt. Er stellt sich vor, wie jemandem zumute sein muß, der mit einem normalen Besucher rechnet und, ohne eigenes Verschulden, dann einen Gast wie ihn bekommt. Er stellt sich vor, wie diesen Menschen das Blut im Leib erstarrt ist, als er mit seiner Mütze, mit seinen verrückten Augen und was da sonst noch ist, auf einmal in der Tür gestanden hat. Wie sie ihn für einen Wahnsinnigen gehalten haben müssen, bevor sie sich vielleicht die Frage stellten, ob so die armen Juden in Galizien immer angezogen sind. Wie sie den Abend zu den unbegreiflichen Ereignissen in ihrem Leben zählen und trotzdem tun, als fänden sie ihn ganz alltäglich. Nein, meint der Onkel, das ist schon mehr als reine Höflichkeit, das ist bewundernswert.

Man müßte ihnen die Sache erklären, denkt er wenig später. Dann aber ist er stolz und denkt: Soll der erklären, der sie angerichtet hat. Als tief im Haus eine Uhr zu schlagen anfängt, steht Onkel Gideon auf. Er muß noch ins Konzert, das sagt er, Mendelssohn in der Albert-Hall, und vorher muß er ins Hotel, die Kleider wechseln. Das sehen beide ein, die Dame bedankt sich für den reizenden Besuch. Sie sieht dabei nicht aus wie jemand, der dieses sagt und jenes meint. Der Hausherr schüttelt kräftig Onkels Hand, der Hund ist nirgends mehr zu finden. Zum Abschied erinnert Onkel Gideon daran, daß seine Adresse auf dem Visitenkärtchen steht, nur für den Fall, daß seine Gastgeber irgendwann einmal über Lublin reisen sollten.

Dann steht er vor dem Haus und weiß nicht mehr, in welchem Busch sein wunderbarer grauer Filzhut liegt. Er atmet tief die kalte Luft und geht die dunkle Straße entlang zu einer helleren, während die Gesellschaft sich allmählich beruhigt nach dem Abenteuer. Die Ersten spüren langsam Hunger, es dringen die verrücktesten Gerüche durch die Küchentür ins Zimmer, und der Onkel streckt die Hand aus, um einen Wagen anzuhalten. Im Taxi muß er niesen und sich die Nase putzen, davon bekommt sein Taschentuch weiße Flecken. Zum Andenken an London hat er die Schächtelchen mit schwarzer

Schminke und mit weißer aufgehoben. Jetzt fällt ihm wieder ein, er hatte ja versprochen, sie diesmal mitzubringen. Man möge ihm verzeihen, er ist ein alter Mann, beim nächstenmal wird er, mit Tante Lindas Hilfe, daran denken.

Die Mauer

Mein Gott, ich bin fünf Jahre alt, wir Juden sind wieder ein stilles Glück. Der Nachbar heißt wieder Olmo und schreit den halben Tag mit seiner Frau, und wer nichts Besseres zu tun hat, der kann sich hinter die Tür stellen und jedes Wort hören. Und die Straße hat wieder ihre Häuser, in jedem ist etwas geschehen mit mir. Ich darf sie nicht verlassen, die Straße, streng hat es mir der Vater verboten. Oft glaube ich nicht, womit er das Verbot begründet, manchmal aber doch: daß es eine Grenze gibt, eine unsichtbare, hinter der die Kinder weggefangen werden. Niemand weiß, wo sie verläuft, das ist das Hinterhältige an ihr, sie ändert sich wohl ständig, und ehe du dich versiehst, hast du sie überschritten. Nur in der eigenen Straße, das weiß der Vater, sind Kinder einigermaßen sicher, am sichersten vorm eigenen Haus. Meine Freunde, mit denen ich die Ungeheuerlichkeit bespreche, sind geteilter Meinung. Die immer alles besser wissen, die lachen, manche aber haben auch schon von der Sache gehört.

Ich frage: »Was geschieht mir, wenn sie mich fangen?« Der Vater antwortete: »Es ist besser, du erfährst das nicht.« Ich sage: »Sag doch, was geschieht mir dann?« Er macht nur seine unbestimmte Handbewegung und will sich nicht mehr mit mir unterhalten. Einmal sage ich: »Wer ist es überhaupt, der die Kinder wegfängt?« Er fragt: »Wozu mußt du das auch noch wissen?« Ich sage: »Es sind die deutschen Soldaten.« Er fragt: »Die Deutschen, die eigene Polizei, was ist das für ein Unterschied, wenn sie dich fangen?« Ich sage: »Mit uns spielt aber jeden Tag ein Junge, der wohnt viele Straßen weit.« Er fragt mich: »Lügt dein Vater?«

Ich bin fünf Jahre alt und kann nicht still sein. Die Worte springen mir aus dem Mund heraus, ich kann ihn nicht geschlossen halten, ich habe es versucht. Sie stoßen von innen gegen die Backen, sie vermehren sich rasend schnell und tun weh im Mund, bis ich den Käfig öffne. »Dieses Kind«, sagt meine Mutter, die kein Gesicht mehr hat, die nur noch eine Stimme hat, »hör sich einer nur dieses Kind an, dieses verrückte.«

Was geschehen ist, muß seltsam und unerhört

gewesen sein, sonst lohnt es nicht, darüber zu berichten. Am Ende habe ich den Kaufmann Tenzer umgebracht, nie werde ich es wissen. Er wohnt in unserer Straße und hat ein schwarzes Mützchen auf dem Kopf und trägt ein weißes Bärtchen im Gesicht, er ist der kleinste Mann. Wenn es kalt ist oder regnet, kannst du zu ihm gehen, er weiß Geschichten. Die abgebrühtesten Kerle sitzen stumm vor ihm und schweigen und halten den Mund und sind ganz still, auch wenn sie später ihre Witze machen. Doch mehr als vier auf einmal läßt er nie herein. Von allen hat er mich am liebsten: es tut gut, das zu glauben. Als er mich einmal gegriffen und auf den Schrank gesetzt hat, war er sehr stark, wir alle haben uns gewundert.

Der Vater sagt: »Wer setzt denn ein Kind auf den Schrank? Und überhaupt: was hockst du immer bei dem alten Tenzer, der ist warscheinlich nicht ganz richtig im Kopf.« Ich sage: »Du bist nicht ganz richtig im Kopf.« Da holt er aus, ich aber laufe weg; und als ich später wiederkomme, hat er es vergessen. Der Vater holt oft aus, schlägt aber nie.

Einmal bin ich mit allen verstritten und gehe zu Tenzer, noch nie war ich allein bei ihm. Als er mir öffnet und keinen außer mir vor seiner Tür findet, wundert er sich und sagt: »So ein bißchen Besuch nur heute?« Er hat zu tun, er ist beim Waschen, doch schickt er mich nicht fort. Ich darf ihm zusehen, er wäscht anders als meine Mutter, bei der es immer bis in jeden Winkel spritzt. Er faßt die Unterhosen und die Hemden sanft an, damit sie nicht noch mehr Löcher kriegen, und manchmal seufzt er über ein besonders großes Loch. Er hält ein Hemd hoch über die Schüssel, und während es abtropft, redet er: »Es ist schon dreißig Jahre alt. Weißt du, was dreißig Jahre für ein Hemd bedeuten?« Ich sehe mich im Zimmer um, es gibt nicht viel zu sehen, nur eine Sache gibt es, die ist mir neu: Hinter der hohen Rückwand des Betts, auf dem Boden neben dem Fenster, steht ein Topf. Eine Decke hängt davor, daß man nichts sieht. Die Entdeckung wäre mir nicht geglückt, wenn ich nicht auf dem Boden gelegen und nicht vor Langeweile genau in jene Richtung geschaut hätte. Ich mache einen kleinen Umweg zu dem Ding hin, ich schiebe die

Decke, die einem doppelt so Großen wie mir die Sicht versperren würde, zur Seite. In dem Topf wächst eine grüne Pflanze, eine merkwürdige, die einen heftig sticht, kaum daß man sie berührt. »Was tust du da?« schreit der Kaufmann Tenzer, nachdem er meinen Schrei gehört hat. Ein Blutstropfen liegt auf meinem Zeigefinger, ich zeige ihm mein dickes Blut. Den Finger steck' ich in den Mund und sauge, da sehe ich Tränen in seinen Augen und bin noch mehr erschrocken. Ich frage: »Was hab' ich denn gemacht?« »Nichts«, sagt er, »gar nichts, es ist meine Schuld.« Er erklärt mir, wie die Pflanze funktioniert und von wie vielen Tieren sie aufgefressen worden wäre, wenn es nicht die Stacheln gäbe. Er sagt: »Du sprichst mit niemandem darüber.« Ich sage: »Natürlich spreche ich mit keinem.« Er sagt: »Du weißt, daß niemand eine Pflanze haben darf?« Ich sage: »Natürlich weiß ich das.« Er sagt: »Du weißt, was jedem blüht, der ein Verbot mißachtet?« Ich sage: »Natürlich.« Er fragt mich: »Na, was machen sie mit dem?« Ich antworte nicht und schaue ihn nur an, weil er es mir gleich sagen wird. Wir sehen uns ein bißchen in die Augen, dann greift sich Tenzer ein Stück Wäsche aus der Schüssel und wringt es gewaltig aus. Er sagt: »Das machen sie mit ihm.« Natürlich erzähle ich die Sache Millionen Leuten, den Eltern nicht, doch allen meinen Freunden.

Ich gehe wieder hin zum Kaufmann Tenzer, weil ich seit jenem Tag mit seiner Pflanze spielen darf, als wären wir Geschwister. Mir öffnet eine alte und fürchterlich häßliche Frau, daß jeder andere an meiner Stelle auch entsetzt gewesen wäre. Sie fragt mit ihrer gemeinen Stimme: »Was willst du hier?« Ich weiß, daß Tenzer immer allein gewesen ist, und eine solche hätte er schon gar nicht eingelassen; daß sie in seiner Wohnung ist, ist also noch erschreckender als ihr Aussehen. Ich laufe vor der Hexe weg und kümmere mich nicht um den Zauberspruch, den sie mir hinterherruft. Die Straße sieht mich kaum, so fliege ich, ich frage meine Mutter, wo Kaufmann Tenzer ist. Da weint sie, eben hat sie noch an ihrer Decke, zu der sie gehört, herumgestickt. Ich frage: »Wo ist er, sag es mir.« Doch erst der Vater sagt es, als er am Abend kommt: »Sie haben ihn geholt.«

Ich bin inzwischen nicht mehr überrascht, Stunden sind vergangen seit meiner Frage, und oft schon haben sie einen geholt, der plötzlich nicht mehr da war. Ich frage: »Was hat er bloß getan?« Der Vater sagt: »Er war meschugge.« Ich frage: »Was hat er wirklich getan?« Der Vater verdreht die Augen und sagt zur Mutter: »Sag du es ihm, wenn er es unbedingt wissen muß.« Und endlich sagt sie, wenn auch sehr leise: »Er hatte einen Blumentopf. Stell dir nur vor, sie haben einen Blumentopf bei ihm gefunden.« Es ist ein bißchen still, ich leide, weil ich nicht sagen darf, daß dieser Blumentopf und ich Bekannte sind. Meiner Mutter tropfen Tränen auf ihr Tuch, nie vorher hat Tenzer ein gutes Wort von ihr gekriegt. Sein Stück vom Brot nimmt sich der Vater wie jeden Abend nach der Arbeit, ich bin der eigentlich Betroffene hier, und keiner kümmert sich um mich. Der Vater sagt: »Was ich schon immer gesagt habe, er ist im Kopf nicht richtig. Für einen Blumentopf geholt zu werden, das ist der lächerlichste Grund.« Meine Mutter weint nicht mehr, sagt aber: »Vielleicht hat er diese Blume sehr geliebt. Vielleicht hat sie ihn an eine Person erinnert, was weiß man denn.« Der Vater mit dem Brot sagt laut: »Da stellt man sich doch keinen Blumentopf ins Zimmer. Wenn man schon unbedingt gefährlich leben will, dann pflanzt man sich Tomaten in den Topf. Erinnern an jemand kannst du dich tausendmal besser mit Tomaten.« Ich kann mich nicht länger beherrschen, ich habe meinen Vater nicht sehr gern in diesem Augenblick. Ich rufe: »Es war gar keine Blume, es war ein Kaktus!« Dann laufe ich hinaus und weiß nichts mehr.

Der Vater weckt mich mitten in der Nacht; der Vorhang, hinter dem mein Bett steht, ist aufgezogen. Er sagt: »Komm, komm, mein Lieber.« Er beugt sich über mich und streichelt mich, auch meine Mutter ist schon angezogen in dieser Nacht. Es ist Bewegung im Haus, es geht herum und klappert hinter den Wänden. Er hebt mich aus dem Bett und stellt mich auf die Füße. Damit ich ihm nicht umfalle vor Müdigkeit, gibt er mir seine Hand als Rückenstütze. Es ist gut, daß er sich überhaupt nicht eilt. Meine Mutter kommt mit dem Hemd an, doch ich setze mich auf den

Eimer, der unsere Toilette ist. Der Mond liegt auf dem Fensterkreuz, im Zimmer stehen plötzlich zwei dickgepackte Taschen. Wenn man lange genug dem Mond zusieht, hält er sein Gesicht nicht still, er blinkert dir zu. Dann stülpt meine Mutter mir das Hemd über den Kopf. »Komm, komm, mein Lieber«, sagt der Vater. Sie überlegen beide, was sie vergessen haben könnten; der Vater findet noch ein Kartenspiel und stopft es in die Tasche. Ich habe auch Gepäck zum Mitnehmen, zu den Taschen lege ich meinen Stoffball, den mir meine Mutter genäht hat; doch man sagt mir, es ist kein Platz. Dann gehen wir die finstere Treppe hinunter, über den tuschelnden Hof, auf die Straße.

Viele sind schon dort, doch meine Freunde nicht. »Wo sind die anderen?« frage ich den Vater. Er macht sich los von meiner Mutter und sagt: »Es ist nur unsere Straßenseite. Frag nicht, was dahintersteckt, es ist so angeordnet.« Das ist ein Unglück, denn meine Freunde wohnen alle auf der anderen Seite in dieser Nacht. Ich frage: »Wann kommen wir zurück?« Man streichelt wieder meinen Kopf, erklärt mir aber nichts.

Dann trappeln wir los auf ein Kommando, das einer gibt, den ich nicht sehe. Es ist ein Weg, der mit jedem Schritt langweiliger wird; wahrscheinlich überschreiten wir zehnmal die unsichtbare Grenze, doch wenn du den Befehl kriegst, ist das Verbot natürlich aufgehoben.
Ein kleiner Teil des Ghettos – und das hat mit Erinnerung nichts zu tun, es ist die Wahrheit – ein kleiner Teil des Ghettos ist wie ein Lager. Um ein paar lange Steinbaracken herum, die ohne Ordnung beieinanderstehen, geht eine Mauer. Gewaltig hoch hat man sie nicht gebaut, von Tag zu Tag kommt mir ihre Höhe verschieden vor, jedenfalls könnte von zwei Männern, die aufeinanderstehen, der obere hinüberblikken. Und wer sich weit genug entfernt, sieht obenauf Glasscherben blinken. Wozu aber ein Lager mitten im Getto, das doch Lager genug ist, fragt man sich. Darauf kann ich antworten, obwohl es mir damals keiner erklärt hat: Es werden hier Leute gesammelt in dem Lager, bevor sie in ein anderes Lager kommen, oder an einen Ort, an dem sie nötiger gebraucht werden als im Ghetto. Mit einem Wort, man hat sich in dem

Lager bereitzuhalten. Ist es ein gutes Zeichen, hier zu sein, ist es ein schlechtes, darüber wird in den langen Steinbaracken Tag und Nacht gesprochen. Ich kann es nicht mehr hören.
Wir drei bekommen ein Bett zugeteilt, ein hartes Ding aus Holz. Obwohl es ein Stück breiter ist als mein bisheriges, quälen wir uns vor Enge. Es sind auch leere Betten in der Baracke. Gleich nach der ersten Nacht lege ich mich in eins davon und kündige an, von nun an immer hier zu schlafen. Der Vater schüttelt den Kopf, ich schüttle den Kopf zurück und möchte Gründe hören, da holt er wieder aus. Ich habe nachzugeben, es ist ein Sieg der Unvernunft. Wir probieren verschiedene Positionen aus: ich mal links, mal rechts, dann mit dem Kopf zwischen den Füßen der Eltern. »So ist am meisten Platz«, sagt der Vater, doch meine Mutter fürchtet, einer der vier Füße könnte mir weh tun. »Manchmal wird gewaltig im Traum getreten. Du weißt nichts davon, aber du tust es.« Das kann der Vater nicht bestreiten. »Es ist aber schade«, sagt er. Am Ende liege ich in der Mitte, ungefragt, und muß versprechen, mich wenig zu bewegen.

Jeden Morgen ist Appell, ich lerne das Wort als erstes in der fremden Sprache. Wir stellen uns vor der Baracke in einer langen Reihe auf, sehr schnell hat das zu gehen, denn es steht ein Deutscher da und wartet schon. Unsere Fußspitzen dürfen nicht zu weit vorn und nicht zu weit hinten sein, der Vater rückt mich ein bißchen zurecht. Der erste in der Reihe muß »eins!« rufen, dann wird durchgezählt bis zum Ende, die Zahlen kommen angerollt und gehen über meinen Kopf hinweg. Meine Mutter ruft ihre Zahl, dann der Vater nacheinander seine und meine, dann ist schon der nächste dran. Mich ärgert das, ich frage: »Warum darf ich meine Zahl nicht selber rufen?« Der Vater antwortet: »Weil du nicht zählen kannst.« »Dann flüsterst du mir meine Zahl eben zu«, sage ich, »und dann ruf ich sie laut.« Er sagt: »Dafür ist erstens nicht genügend Zeit, und zweitens darf nicht geflüstert werden.« Ich sage: »Warum stehen wir nicht jeden Morgen an derselben Stelle? Dann haben wir immer dieselbe Zahl, und ich kann sie lernen.« Er sagt: »Hör zu, mein Lieber, das ist kein Spiel.« Es stehen zwei in unserer Reihe, die nicht viel älter

sind als ich, der eine ruft seine Zahl selbst, der andere wird von seinem Vater mitgezählt. Den einen frage ich: »Wie alt bist du?« Er spuckt an meinem Kopf vorbei und läßt mich stehen, er muß vom oberen Ende unserer Straße sein, wohin ich nur selten gekommen bin. Nach dem Zählen ruft der Deutsche: »Weggetreten!«, das ist ein Appell.
Schon am zweiten Tag plagt mich die Langeweile. Ein paar Kleinere sind da, doch als ich näherkomme, sagt der Anführer zu mir: »Verschwinde, aber dalli.« Da sehen sie mich alle böse an, die Idioten, nur weil ihr Anführer sich wichtig tun will mit diesem Wort. Ich frage meine Mutter, was dalli heißt, sie weiß es nicht. Ich sage: »Es muß soviel bedeuten wie schnell.« Der Vater sagt: »Wichtigkeit!« Das Lager ist tot, und ich kriege es nicht zum Leben. Ich weine, ohne daß es hilft; in einer Lagerecke finde ich ein bißchen Gras. Ich soll nicht zu weit fortgehen, sagt meine Mutter, der Vater sagt: »Wo soll er hier schon hingehen.« Ich entdecke das Tor, dort ist die einzige Bewegung, manchmal kommt ein Deutscher, manchmal geht einer. Ein Soldat, der

ein Posten ist, geht auf und ab, bis er mich stehen sieht. Da hebt er schnell sein Kinn, ich kann nicht sagen, warum ich so wenig Angst vor ihm habe; ich trete ein paar Schritte nach hinten, doch als er wieder auf und ab geht, nehme ich mir die Schritte zurück. Noch einmal bewegt er seinen Kopf so, noch einmal tue ich ihm den Gefallen, dann läßt er mich in Ruhe.
Am Nachmittag steht ein anderer Soldat beim Tor. Er ruft mir etwas zu, das gefährlich klingt. Ich gehe in eine Baracke, die uns nicht gehört. Ich fürchte mich dabei, doch es ist das einzige, was ich noch tun kann. Die gleichen Betten stehen da, es herrscht ein Gestank, der zu nichts gehört, was ich kenne. Ich sehe eine Ratte laufen, sie entkommt mir, ich krieche auf den Knien und kann ihr Versteck nicht finden. Einer packt mich beim Genick. Er fragt mich: »Was tust du hier?«, er hat ein blindes Auge. Ich sage: »Ich tue gar nichts.« Er stellt sich so mit mir, daß uns die anderen sehen. Dann sagt er: »Sag die Wahrheit.« Ich sage noch einmal: »Ich tue gar nichts hier. Ich gucke nur.« Er aber sagt laut: »Er wollte klauen, der Mistkerl, ich habe ihn er-

wischt.« Ich rufe: »Das ist überhaupt nicht wahr.« Er sagt: »Und wie es wahr ist. Ich beobachte ihn schon den halben Tag. Er wartet seit Stunden auf eine Gelegenheit.« Einer fragt: »Was willst du mit ihm machen?« Der Lügner sagt: »Soll ich ihn durchprügeln?« Einer sagt: »Es ist besser, du kochst ihn.« Ich schreie: »Ich wollte nicht klauen, wirklich nicht!« Ich komme nicht los von seiner Hand, und der Lügner drückt immer stärker. Zum Glück ruft einer: »Laß ihn laufen, er ist das Kind von einem, den ich kenne.« Er hält mich aber noch ein bißchen und sagt, ich soll mich nicht nochmal erwischen lassen. Dem Vater erzähl ich nichts, wahrscheinlich würde er den ekelhaften Kerl bestrafen; doch müßte ich in Zukunft wohl in unserer Baracke bleiben, das lohnt nicht.

Am nächsten Tag wird alles gut: Am frühen Morgen zieht die andere Straßenseite ins Lager ein. Ich bin noch keine fünf Schritte draußen, da ruft mich einer, der wie Julian klingt und sich versteckt. Ich muß nicht lange suchen, er steht hinter der nächsten Ecke, drückt sich an die Wand und wartet, daß ich ihn finde, Julian ist mein guter Freund. Wir haben uns lange nicht gesehen, es könnte eine Woche sein. Sein Vater ist ein Doktor gewesen, darum geht er vornehm angezogen, jetzt schon wieder. Er sagt: »Verflucht nochmal.« Ich sage: »Julian.« Ich zeige ihm das Lager, es gibt nicht viel zu zeigen, von unserer Baracke ist seine am weitesten entfernt. Wir suchen einen Platz, der von nun an unser ständiger Platz sein soll; am Ende bestimmt er ihn, obwohl er erst ein paar Minuten hier ist und ich wahrscheinlich schon seit einer Woche.

Er fragt: »Weißt du, daß Itzek auch hier ist?« Er führt mich hin zu Itzeks Baracke, auch Itzek ist mein guter Freund. Er sitzt auf dem Bett und muß bei seinen Eltern bleiben, so kann er sich über mich nicht freuen. Wir fragen seinen Vater: »Darf er nicht wenigstens ein bißchen raus mit uns?« Der sagt: »Er kennt sich noch nicht aus hier.« »Aber ich kenn' mich aus«, sage ich, »ich bin schon viele Tage hier. Ich bringe ihn bestimmt zurück.« Er sagt: »Kommt nicht in Frage.« Erst als Itzek zu weinen anfängt, erlaubt es ihm seine Mutter, die sonst immer streng ist. Wir zeigen Itzek unseren Platz, wir setzen uns auf die Steine. Das Wunderbare an Itzek ist seine Zwiebeluhr, ich sehe auf seine Hosentasche, in der sie immer tickt. Zweimal durfte ich sie bisher ans Ohr halten und einmal aufziehen, als Gewinner einer Wette. Sein Großvater hat sie ihm aus Liebe gegeben und hat zu ihm gesagt, er soll sie gut verstecken, sonst nimmt sie sich der nächste Dieb. Auch Julian hat etwas Wunderbares, eine wunderbar schöne Freundin. Es hat sie noch nie einer gesehen außer ihm, sie hat blonde Haare und grüne Augen und liebt ihn wie verrückt. Einmal hat er erzählt, daß sie sich hin und wieder küssen, das wollten wir ihm nicht glauben, da hat er uns gezeigt, wie sie den Mund beim Küssen hält. Nur ich besitze nichts Wunderbares. Der Vater hat eine Taschenlampe mit Dynamo, bei der du den Griff bewegen mußt, damit sie leuchtet. Doch wenn sie ihm einmal fehlt, dann kann sich jeder denken, wer zuerst verdächtigt wird.

Ich sage zu Itzek: »Zeig mir deine Uhr.« Doch seine verfluchten Eltern haben sie gefunden und gegen Kartoffeln eingetauscht. Julian hat seine Freundin noch. Itzek weint um die Uhr, ich mache mich nicht lustig über ihn; ich würde ihn ein wenig trösten, wenn ich mich nicht schämen würde. Julian sagt: »Hör auf zu heulen, Mensch.« Da läuft Itzek weg, Julian sagt: »Laß ihn doch«, und die schöne Zwiebeluhr ist weggetauscht für Kartoffeln, wer soll das begreifen. Ich erzähle Julian, wie ein Tag in diesem Lager ist, damit er nicht zuviel erwartet. Er erzählt mir von seiner Freundin, sie heißt Marianka, bis Itzek wiederkommt.

Seit ich nicht mehr in unserer Straße wohne, ist wenig dort passiert, nur der Schuster Muntek hat sich das Leben genommen. Jedesmal ist er aus seinem schmutzigen Laden gekommen, wenn wir auf seinen Stufen gesessen haben, und hat mit den Füßen getreten, der ist jetzt tot. Es ist ein komisches Gefühl, weil er neulich erst gelebt hat. Ich frage: »Wie hat er es getan?« Julian sagt, daß er sich mit Glas die Handgelenke aufgeschnitten hat und ausgeblutet ist. Itzek dagegen, der drei Häuser näher als Julian beim Schuster gewohnt hat, weiß, daß Muntek sich sein Schustermesser ins Herz gestoßen und es dort dreimal umgedreht hat. Julian sagt: »So einen Unsinn hab' ich noch nie gehört.« Sie streiten sich eine Weile, bis ich sage: »Ist doch egal.« Aber die Geschichte hat noch ein trauriges Ende, denn Itzeks Mutter hatte ein Paar Schuhe zur Reparatur bei Muntek stehen. Als sie von seinem Tod gehört hat, ist sie sofort hingerannt, doch die Schuhe waren weg, der Laden war schon leergestohlen.

Im Sitzen pinkelt Julian zwischen mir und Itzek hindurch, er kann das wie kein zweiter, in einem wunderschönen Bogen. Dann hat er einen Plan und macht ein wichtiges Gesicht, wir sollen eng zusammenrücken. Er flüstert: »Wir müssen zurück in unsere Straße, am besten in der Nacht.« So einen verrückten Vorschlag hat Julian noch nie gemacht. Itzek fragt ihn: »Warum?« Julian richtet seine Augen auf mich, damit ich es dem Dummkopf erkläre, doch ich versteh' ja selber nichts. Julian sagt: »Die ganze Straße ist jetzt leer, stimmt das?« Wir antworten: »Ja.« Er fragt: »Und was ist mit den Häusern?« Wir antworten: »Die sind jetzt auch leer.« »Die Häuser sind überhaupt nicht leer«, sagt er und weiß auf einmal etwas, das wir nicht wissen. Wir fragen:

»Wieso sind denn die Häuser nicht leer?« Er sagt: »Weil sie voll sind, Mensch.« Er verachtet uns ein Weilchen, dann muß er die Sache erklären, weil wir sonst gehen. Also: die Straße wurde Haus für Haus geräumt, die Leute aber durften nicht viel mitnehmen, das wissen wir selbst doch am besten, höchstens die Hälfte von ihrem Besitz. Die andere Hälfte steckt noch in den Häusern, nach Julians Schätzung liegen noch Berge von Zeug da. Er sagt uns, daß er zum Beispiel sein großes Blechauto nicht mitnehmen konnte, weil seine blöde Mutter es zertrampelt und ihm statt dessen einen Sack voll Wäsche zum Tragen gegeben hat. Mein grauer Stoffball fällt mir ein. Nur Itzek brauchte nichts zurückzulassen, er hatte nichts. »Über die Mauer kommt ihr nie«, sage ich. Julian wirft einen Stein gegen die Mauer, so dicht an meinem Kopf vorbei, daß ich den Wind spüre. Er fragt mich: »Über die da?« Ich sage: »Ja, über die.« Er fragt: »Warum nicht?« Ich sage: »Die Deutschen passen ungeheuer auf.« Julian sieht sich groß um und sagt dann: »Wo siehst du hier denn Deutsche? Außerdem schlafen sie nachts. Hast du nicht gehört, was ich gesagt habe? Daß wir es in der Nacht versuchen müssen?« Itzek sagt: »Er hat Schmalz in den Ohren.« Ich sage: »Außerdem ist die Mauer viel zu hoch.« Itzek sagt zu seinem Freund Julian: »Du merkst schon, was der für Angst hat.« Julian sagt nur: »Wir müssen uns eine gute Stelle suchen.« Er sagt zu mir: »Feigling.«

Wir suchen die Stelle, und Julian hat natürlich recht, es gibt sie. Streben aus Metall sind dort eingelassen wie Treppenstufen. »Was hab' ich euch gesagt«, sagt Julian. Mir schlägt das Herz, weil ich jetzt mitgehen oder ein Feigling sein muß. Noch einen zweiten Vorteil hat die Stelle: Sie ist vom Lagereingang weit entfernt und damit auch vom Posten. Es ist zwar noch ein anderer Posten da, der herumläuft und irgendwann an jedem Ort vorbeikommt, doch meistens ist der in seinem kleinen deutschen Häuschen und sitzt und raucht oder liegt und schläft. Julian sagt: »Ich sage euch noch einmal, die Deutschen schlafen alle nachts.« Ich frage: »Woher weißt du denn das?« Er antwortet: »Das weiß jeder.« Und Itzek zeigt auf mich und sagt: »Nur er weiß es nicht.« »Gehen wir nächste Nacht?« fragt Julian und sieht mich an.

Ich denke, wie leicht es wäre, mit allem jetzt einverstanden zu sein und später einfach nicht zu kommen. Ich gucke zu den Streben und rüttle an der untersten, ich sage: »Die Deutschen müssen doch verrückt sein.« »Also was ist?« fragt Julian wieder mich. Ich sage: »Frag ihn doch auch.« Julian fragt Itzek: »Gehen wir in der nächsten Nacht?« Itzek schweigt ein bißchen, dann sagt er: »Lieber in der übernächsten.« »Warum erst in der übernächsten?« Itzek sagt: »Man soll nichts übereilen.« Diese Ansicht kennt man von seinem Vater, der von Beruf ein Advokat ist, was immer das bedeutet.

Meine Vorbereitungen beginnen an diesem Abend. Wenn es mir je gelingen soll, nachts unbemerkt aus dem Bett zu kommen, dann darf ich nicht zwischen den Eltern schlafen, dann muß ich an den Rand. Ich fange an zu husten, bis der Vater fragt, was mit mir los ist. Meine Mutter legt mir die Hand auf die Stirn, der Husten hört nicht auf, ich sehe, wie sie miteinander flüstern. Beim Hinlegen sage ich: »In der Mitte krieg' ich keine Luft. Ich falle schon nicht raus.« Und ich huste so stark, daß ich wirklich keine Luft kriege, daß sie gar nicht anders können, als mir einen Seitenplatz zu geben. Jeden Abend schreit einer: »Bettruhe!«, dann geht das Licht aus, kurze Zeit wird noch geflüstert.

Die Elfen fliegen im Dunkeln, sie sind ein Geheimnis, über das nicht gesprochen werden darf; als ich mit meiner Mutter einmal über Elfen sprechen wollte, hat sie nur den Finger auf den Mund gelegt, den Kopf geschüttelt und nichts gesagt. Das Dach der Baracke öffnet sich vor den Elfen, die Wände neigen sich bis zum Boden, man sieht es aber nicht, man spürt es nur am Hauch. Sie schweben ein und aus, wie sie es möchten, manchmal streift dich eine mit ihrem Schleier. Manchmal sagt sie auch etwas zu dir, doch immer in der Elfensprache, die kein Mensch versteht; dazu kommt, Elfen sprechen unglaublich leise, alles ist zarter bei ihnen und sanfter als bei den Menschen. Sie kommen nicht in jeder Nacht, doch gar nicht selten, es ist dann eine verborgene und fröhliche Bewegung in der

Luft, bis du einschläfst und wohl noch länger. Beim allerkleinsten Licht verschwinden sie.
Ich will in dieser Nacht das Aufstehen üben, ich habe mir gesagt: sollte es einmal glücken, aus dem Bett zu steigen, ohne sie zu wecken, dann wird es mir auch glücken, wenn es drauf ankommt. Sie müssen nur eingeschlafen sein.
Sonst schläft der Vater so schnell ein, daß er schon schnarcht, bevor die Elfen da sind. Manchmal stoße ich ihn absichtlich in die Seite, und es stört ihn nicht. Doch ausgerechnet heute tuscheln sie miteinander und halten sich umarmt wie Kinder und küssen sich, als hätten sie nicht den ganzen Tag dafür Zeit gehabt. Ich kann nichts tun, sie haben sich noch niemals so geküßt in der Baracke. Ich höre den Vater flüstern: »Warum weinst du?« Dann bin ich müde, ich glaube, die ersten Elfen sind schon da. Ich rolle mit den Augen, damit die Müdigkeit vergeht. Ich höre meine Mutter flüstern: »Er hustet nicht mehr, hörst du?« Dann weckt sie mich und sagt: »Komm, komm, der Appell wartet nicht auf dich.«
Meine Mutter sagt zum Vater: »Laß ihn in Ruhe,

er hat nicht ausgeschlafen.« Solch ein Unglück wird mir nicht nochmal passieren, das schwöre ich, und wenn ich mir Hölzchen in die Augen stecke. In der nächsten Nacht muß ich nun das Bett und die Baracke ohne Probe verlassen; das Gute aber ist, daß ich jetzt weiß, wie leicht man gegen seinen eigenen Willen einschläft. Der Vater stößt mich in der Reihe an, ich sehe hoch und hör' ihn leise sagen: »Fünfundzwanzig!« Obwohl ich schon bei der nächsten Nacht bin in Gedanken, schlägt mir das Herz, jetzt hab' ich die Gelegenheit zu zeigen, was ich kann. Die Zahlen kommen angestürmt, die Augen des Deutschen vor uns bleiben immer auf der Zahl. Ich habe Angst, der Vater kann nicht wissen, was für einen Moment er sich ausgesucht hat. Ich muß die Lippen aufeinanderpressen, um nicht zu früh zu rufen, dann schrei' ich: »Fünfundzwanzig!« Es muß genau der richtige Augenblick gewesen sein, nach der Frau vor mir und vor dem Vater, die Zahlen laufen wie am Schnürchen von mir fort, es ist ein gutes Gefühl. Nach dem Appell sagt der Vater: »Das hast du großartig gemacht. Nur mußt du nicht so schreien beim

nächstenmal.« Ich verspreche es ihm, er hebt mich auf den Arm, das ist nicht angenehm vor allen Leuten.
Wir treffen uns, Julian, ich und Itzek, und warten auf die nächste Nacht. Julian hat gesehen, daß an unserer Stelle kein Glas auf der Mauer liegt, es ist ein Glück. Itzek sagt, er hat das auch gesehen. Julian sagt: »In unser Zimmer brauch' ich gar nicht erst zu gehen, ich gehe gleich woanders hin. Geht ihr in eure Zimmer?« Ich überlege, ob unser Zimmer sich lohnt: der Stoffball liegt noch dort, vielleicht die Taschenlampe, im Lager ist sie bisher nicht aufgetaucht. Itzek fragt: »Ehrlich, wer hat Angst?« »Ich nicht«, sagt Julian, »ich auch nicht«, sagt Itzek, »ich auch nicht«, sage ich. Ich frage Julian, ob er nicht seine Freundin besuchen möchte, wenn wir draußen sind. Er antwortet: »Doch nicht in der Nacht.«
Ein kalter Regen vertreibt uns, nur Julian weiß wohin. Er kennt eine unbewohnte Baracke, dorthin laufen wir. Auch wenn ich es nicht gern gestehe: Julian ist unser Führer. Die Tür fehlt, wir treten in den dunklen Raum, in dem nichts

ist; nur doppelstöckige Betten stehen zusammengerückt an den Wänden, wie ich sie nie zuvor gesehen habe. Itzek klettert herum und springt von einem aufs andere, wie eine Katze, und Julian macht mir Augen, als ob ihm alles hier gehört. Da sagt uns einer: »Haut ab hier, aber Tempo.« Vor Schreck fällt Itzek runter von einem Bett und rappelt sich auf und rennt hinaus. Julian ist schon verschwunden, nur ich steh' mitten in dem Raum. Die Stimme, die gleichzeitig müde klingt und so, als ob sie einem Starken gehört, sagt: »Was ist mit dir?« Ich stehe noch vor Neugier, und außerdem soll Julian sehen, wer hier ein Feigling ist. Ich sage: »Mit mir?« Da bewegt sich etwas Weißes langsam aus einem Bett heraus, tief hinten im Bettenberg, ich hab' genug gesehen. Ich stürze raus ins Freie, wo Julian und Itzek in sicherer Entfernung stehen und warten und vielleicht froh sind, vielleicht enttäuscht, daß ich mit heiler Haut aus der Gefahr gekommen bin. Ich sage: »Mensch, das ist ein Ding!« Aber sie wollen meinen Bericht nicht hören, es regnet kaum noch.

An unserem Versammlungsort wollen wir uns

nachts treffen und dann gemeinsam zur Mauer gehen. Julian fragt, warum wir uns nicht gleich an der Mauer treffen, und ich weiß einen Grund: Wenn einer nicht pünktlich ist, dann wäre es nicht gut, an der Mauer auf ihn zu warten. Nachdem wir uns geeinigt haben, sagt Julian: »Wir treffen uns doch lieber an der Mauer.« Ich frage, ohne mir viel zu denken: »Wann treffen wir uns überhaupt?« Ein bißchen überlegen wir, dann sieht mich Julian böse an, als hätte ich mit meiner Frage erst das Problem geschaffen. Er braucht immer einen Schuldigen und sagt zu Itzek: »Wenn du nicht so dämlich wärst und deine Uhr noch hättest, dann wäre alles gut.« Wir wissen alle drei kein Zeichen in der Nacht, nach dem man sich richten könnte. Bis Itzek sagt: »Bettruhe ist doch überall zur selben Zeit?« Das ist der beste Einfall, selbst Julian kann das nicht bestreiten, die Bettruhe könnte solch ein Zeichen sein, wie wir es brauchen. »Wenn die Bettruhe anfängt«, sagt Itzek, »dann noch eine Stunde, dann schlafen alle, dann können wir uns treffen.« »Und wie lang ist eine Stunde?« fragt Julian, doch einen besseren Vorschlag weiß er nicht. Wir einigen uns über die Länge einer Stunde: es ist die Zeit, die auch der Letzte in der Baracke braucht, um einzuschlafen, und noch ein bißchen länger. Wir legen unsere Hände aufeinander und sind verschworen und trennen uns bis zur Nacht. Dann bin ich bei den Eltern auf dem Bett. Meine Mutter steht vom Nähen auf und sagt, daß ich ganz naß bin, sie zieht mein Hemd aus und trocknet mir den Kopf. Viele gehen herum in der Baracke, die Hände auf dem Rücken, einer von ihnen ist der Vater. Jemand singt ein Lied von Kirschen, die eine Hübsche immer ißt, von bunten Kleidern, die sie immer trägt, und von dem Liedchen, das sie immer trällert.

Zum erstenmal in meinem Leben kann ich eine Nacht kaum erwarten. Die Angst ist weg, das heißt, da ist sie schon noch, doch über ihr ist die Erwartung. Wenn ich nur nicht verschlafe, denke ich, wenn ich nur nicht wieder verschlafe, verschlafen darf ich nicht. Ich sag zu meiner Mutter: »Ich bin müde.« Es ist noch Nachmittag, sie legt die Hand auf meine Stirn, dann ruft sie den Vater. »Stell dir vor, er ist müde und will schlafen.« Der Vater sagt: »Was ist dabei, wenn einer, der den ganzen Tag herumläuft, müde ist?« Meine Mutter sieht ihn unzufrieden an. Er sagt: »Laß ihn sich hinlegen und schlafen, wenn er will und kann«, dann geht er wieder herum. Ich lege mich hin, meine Mutter deckt mich zu. Sie fragt, ob mir am Ende etwas wehtut, sie drückt auf ein paar Stellen. Ich sage ungeduldig: »Mir tut nichts weh.« Sie sagt: »Sei nicht so frech.« Ihre Hand läßt sie unter der Decke auf mir liegen, dagegen hab' ich nichts, es ist ganz angenehm. Ich werde wirklich müde mit der Zeit, wie der Regen auf das Dach schlägt, wie sie spazieren in langen Runden, und wie sie meinen Bauch hält. Ich überlege, was ich finden möchte in den leeren Häusern in der Nacht, es darf nicht allzu schwer sein wegen des Transports und auch nicht allzu groß; ich lege mich nicht fest, nur geht mir immer wieder das Wort *prächtig* durch den Sinn. Ich werde wohl etwas finden, daß viele ihre Augen aufreißen und fragen werden: Mein Gott, wo hast du das denn her? Dann werde ich lächeln und mein Geheimnis schön für mich behalten, und alle werden sich den Kopf zermartern und neidisch sein. Ich spüre, daß ich bald schlafen werde, in den Ohren ist jedesmal ein Summen vor dem Schlaf. Verschlafen kann ich gar nicht, denke ich, auch wenn ich noch so müde wäre: Am Abend wird immer *Bettruhe!* gebrüllt, davon wacht ein Bär auf. Ich bin ziemlich klug.

Ich schlafe, dann bin ich wieder wach, es ist fast Zeit, sich hinzulegen. Ich bekomme mein Stück Brot und eine halbe Zwiebel. Es wundert mich ein wenig, daß keiner zu bemerken scheint, was für besondere Dinge vor sich gehen. Nur meine Mutter bleibt dabei, daß etwas nicht in Ordnung ist mit mir; ihre Hand tanzt dauernd auf meiner Stirn herum, und sie erinnert den Vater daran, wie ich gehustet habe. Ich will schon aufspringen und ihr zeigen, wie gesund ich bin, doch fällt mir früh genug ein, wie falsch das wäre. Ich darf noch nicht gesund sein, ich muß noch weiterhusten, sonst stecken sie mich wieder in ihre Mitte für die Nacht. »Da hast du es«, sagt meine Mutter. Sie will Herrn Engländer holen, den berühmten Arzt aus der Nebenbaracke, doch der Vater sagt: »Bitte, geh und hol ihn. Er kommt

und untersucht, und wenn es beim nächstenmal etwas wirklich Ernstes ist, dann kommt er nicht mehr.«
Es ruft der Eine: »Bettruhe!« Noch eine Stunde, denke ich erschrocken. Itzek liegt jetzt da, Julian liegt jetzt da, denke ich, für jeden noch eine Stunde. Ich fürchte, die Eltern könnten mein inneres Zittern spüren, aber sie fangen schon wieder an zu küssen und zu tuscheln. Noch niemals hab' ich mich so wach gefühlt. Über die Störung neben mir hinweg bemerke ich einfach alles, was in der Baracke vor sich geht: das Geflüster im Nachbarbett, das erste Schnarchen, ein Stöhnen, das nicht aus dem Schlaf kommt, sondern aus dem Unglück, das zweite Schnarchen, das Schnarchkonzert, durch eine Fuge in der Wand ein Licht vom Himmel. Ich bemerke das Ende des Regens, es tropft noch irgendwo auf den Boden herab, doch nicht mehr aufs Dach. Zwei Betten weiter liegt eine sehr alte Frau, die im Schlaf spricht. Manchmal bin ich aufgewacht davon, ich warte, daß sie wieder anfängt, der Vater sagt, man kann im Schlaf ein anderer Mensch sein. Sie schweigt, dafür weint jemand, das ist

nicht schlimm, vom Weinen wird man müde und schläft bald ein. Dann höre ich ein Schnarchen, das mich entzückt, weil es das Schnarchen meiner Mutter ist. Ganz leise und unregelmäßig klingt es, mit kleinen Stockungen, als ob es ein Hindernis auf seinem Weg gibt. Noch hat sich keine von den Elfen blicken lassen, vielleicht hält der Regen sie heute auf. Ein gutes Stück der Stunde ist vorbei, ich möchte nicht der Erste am Treffpunkt sein. Die Stunde ist vorüber, beschließe ich, wenn auch der Vater schläft. Ich setze mich hin und lasse meine Beine hängen. Wenn er mich fragt, was los ist, dann schläft er nicht. Er fragt mich aber nicht. Itzek sitzt auch in seinem Bett, das hilft mir, Julian hat jetzt auch Herzklopfen. Das Weinen hat aufgehört, und lange schon hört man kein Getuschel mehr. So ist meine Stunde um.
Ich stehe neben dem Bett und nichts geschieht. Am Vormittag bin ich den Weg zur Tür zweimal mit geschlossenen Augen abgeschritten, als Ersatz für die ausgefallene Probe in der Nacht, und bin nicht angestoßen. Nur einem Großvater bin ich auf den Fuß getreten, der stand mir im Weg,

er hat geschimpft. Ich hebe meine Schuhe auf, die Stunde ist um. Ich gehe einen Schritt, und noch einen, der Fußboden knarrt ein wenig, am Tage hörst du das nicht. Die Finsternis ist so schwarz, daß es keinen Unterschied zwischen offenen und geschlossenen Augen macht. Die Schritte werden munter, plötzlich aber bleibt alles stehen, fast falle ich um vor Schreck, weil jemand schreit. Es ist die furchtbar alte Frau. Ich stehe, bis sie wieder schweigt; was wird geschehen, wenn sie die Eltern weckt und dann: Wo ist das Kind? Doch sie bleiben im Schlaf, weil das Geschrei der Frau zur Nacht gehört. Meine Beine finden von selbst die Ecke, dann sehe ich einen grauen Schimmer von der Tür, das Nachtlicht. Die letzten Schritte sind unvorsichtig schnell, weil ich auf einmal denke: Wenn nachts die Türen zugeschlossen sind! Die Tür geht wunderbar leicht auf und schließt sich schnell, ach, bin ich draußen in dem Lager. Ich setze mich, zieh' die Schuhe an und verfluche mich, ich habe meine Hose vergessen. Zum Schlafen behalte ich immer das Hemd an, ich ziehe nur die Hose aus, das hat die Mutter hier so einge-

führt; die Hose liegt als Kopfkissen gefaltet auf dem Bett, damit sie keiner stiehlt. Jetzt muß ich in Hemd und Unterhose über die Mauer, Itzek und Julian werden Witze machen.
Ich kann den Mond nicht finden. Gestern habe ich Julian gefragt: »Was werden sie mit uns machen, wenn sie uns erwischen?« Er hat geantwortet: »Sie erwischen uns nicht«, das hat mich sehr beruhigt. Auf dem Boden sind Pfützen, in einer davon finde ich den Mond. Natürlich halte ich vor jeder Ecke an und bin nicht unvorsichtig. Ich denke: selbst wenn der Vater jetzt aufwacht, nützt es ihm nichts mehr.
Hinter der letzten Ecke hockt Julian an der Mauer. Er lacht natürlich und zeigt mit seinem Finger auf mich. Ich setze mich neben ihn auf den Boden. Er amüsiert sich immer noch, ich frage: »Ist Itzek noch nicht da?« Er sagt: »Wo soll er denn sein, Mensch.« Die unterste Strebe ist so niedrig, daß ich sie im Sitzen greifen kann, sie wackelt ein wenig. »Vielleicht ist er eingeschlafen«, sage ich. Julian sagt nichts, er kommt mir sehr ernst vor, seitdem er mit dem Lachen fertig ist. Noch nie habe ich so wie jetzt seine

Überlegenheit gespürt. Ich frage: »Wie lange warten wir?« Er sagt: »Halt den Mund.« Ich stelle mir Itzeks Entsetzen vor, wenn er am Morgen aufwacht, und alles ist vorbei. Doch jetzt ist keine Zeit für Mitleid, ich warte auf Julians Befehle und fange an, mich vor der Mauer zu fürchten. Sie ist viel höher als am Tag, sie wächst mit jedem Augenblick. Als über uns ein Rabe krächzt, steht Julian auf; vielleicht war der Vogelschrei das Zeichen, auf das er gewartet hat. Er sagt: »Dein Itzek ist ein Feigling.«

Später, wenn wir mit unserer Beute wieder zurück sein werden, dann bin ich ein genau so großer Held wie er, da spielt es keine Rolle, wer jetzt Befehle gibt und wer gehorcht. Doch Julian schweigt so lange, daß ich fürchte, etwas könnte nicht in Ordnung sein. Ich frage: »Willst du es verschieben?« Er sagt: »Quatsch.« Ich gebe zu, daß auch ein wenig Hoffnung in meiner Frage war, jetzt aber weiß ich, daß wir das Lager in dieser Nacht verlassen werden. »Worauf warten wir?« Er sagt: »Auf gar nichts.« Er schiebt mich zur Seite, weil ich im Weg stehe, er prüft die erste Strebe, die zweite und die dritte, die vierte kann er vom Boden aus nicht erreichen. Er steigt auf die erste Strebe und ist jetzt hoch genug, die vierte zu berühren, dann springt er wieder auf die Erde. Er sagt: »Geh du zuerst.« Ich frage: »Warum ich?« Er sagt: »Weil ich es sage«, und ich spüre, wie recht er hat. Trotzdem frage ich: »Können wir nicht losen?« »Nein«, sagt er ungeduldig, »geh endlich, sonst gehe ich alleine.« Das ist der höchste Beweis, daß Julian nicht Angst hat wie ich; er gibt mir einen kleinen Stoß, er hilft mir, mich zu überwinden. Mir fallen wohl noch ein paar Fragen ein, die ich ihm stellen könnte; wenn Julian aber ernst macht und ohne mich geht, dann stehe ich nachher da. Ich trete an die Mauer heran, er sagt: »Du mußt die dritte greifen und auf die erste steigen.« Er schiebt von unten, damit es aussieht, als hätte ich es ohne seine Hilfe nicht geschafft. Ich stehe auf der untersten Strebe und habe keine Angst mehr vor der Mauer, nur noch vor der Höhe. Der Gedanke hilft, daß ich die Mauer überwunden haben werde, wenn Julian sie noch vor sich hat. Wie auf einer Leiter für Riesen muß ein großer Schritt getan und eine höhere Strebe muß gegriffen werden, das strengt kaum an. Rechts neben mir ist die kühle Mauer, links unten bleibt Julian immer tiefer zurück, sein Gesicht hat er zum Himmel gerichtet und sieht mir zu. Er fragt mich: »Wie geht es?« Zum ersten Mal im Leben verachte ich ihn, und ich sage aus meiner Höhe: »Sei nicht so laut.« Ich werde ihm nicht verraten, wie leicht es geht, er hat mich nur aus Angst vorausgeschickt. Auf einmal ist vor meinen Augen der Mauerrand.

Ich sehe eine Straße. Dunkle Häuser sehe ich, die feuchten Steine auf dem Platz, es rührt sich nichts, die Deutschen schlafen wirklich. Leise ruft er: »Was siehst du?« Ich rufe aufgeregt zurück: »Ganz hinten fährt ein Wagen mit Pferden. Ich glaube, sie sind weiß.« Er ruft verwundert: »Das lügst du.« Ich sage: »Jetzt ist er um eine Ecke gebogen.« Ich stütze meine Arme auf den Mauerrand, ein bißchen Glas liegt dort. Es sind kleine Stücke, man sieht nicht jedes, ich taste mit den Händen die Mauer ab. Das größte Stück läßt sich herausbrechen, damit schabe ich über die anderen Splitter. »Was tust du?« fragt von unten Julian. Vorsichtig wische ich das Glas mit dem

Ärmel weg und puste. Dann wälze ich mich auf die Mauer, die Angst geht wieder los. Ich muß die Knie unter den Bauch kriegen, das ist die schwerste Arbeit. Für einen Augenblick setze ich mein Knie auf Glas. Ich darf ja nicht schreien, ich finde einen besseren Platz fürs Knie, es muß nun bluten; und Julian, der Idiot, der ruft: »Warum geht es nicht weiter?«
Ich muß mich drehen, ich fürchte schrecklich, das Gleichgewicht zu verlieren. Julian wird nichts mehr sagen, oder ich spuck' ihm auf den Kopf. Dann, nach dem Drehen, sehe ich ihn stehen und weiß erst jetzt, wie hoch ich bin. Wieder lege ich mich auf den Bauch, die Beine sind schon draußen, um einzelne Schmerzen kann ich mich nicht kümmern. Ich lasse mich hinab, soweit die Arme reichen, die Füße finden keinen Halt, weil es hier keine Streben gibt. Ich hänge und komme auch nicht wieder hoch, ich höre Julian rufen: »Was ist los? Sag doch ein Wort.«
Ich schließe die Augen und sehe mir die Mauer von unten an, wie klein sie wirkt, wenn man herumspaziert im Lager. Was soll schon passieren, ich werde hinfallen und mir ein bißchen wehtun,

tausendmal bin ich hingefallen. Ich werde aufstehen und mir die Hände sauberwischen, während Julian die Überquerung noch vor sich haben wird. Was ist, wenn er nicht kommt? Kalt wird mir bei diesem Gedanken, ich hänge hier, und Julian verschwindet und legt sich schlafen. Ich kann doch nicht allein in die Häuser gehen, es ist von Anfang an Julians Einfall gewesen. Ich rufe: »Julian, bist du noch da?« Dann fliege ich, obwohl noch nichts entschieden ist, der Mauerrand hat sich von meinen Händen losgemacht. Der Boden kommt erst nach langer Zeit, ich falle langsam, zuletzt auch auf den Kopf, die Mauer schrappt den ganzen steilen Weg an meinem Bauch entlang. Bequem liege ich auf dem Rükken, die Augen lasse ich noch ein wenig zu, bevor ich mir den Himmel, der genau über mir ist, in aller Ruhe ansehe. Dann sehe ich Julians Gesicht oben auf der Mauer, er ist ein guter Kerl, und mutig ist er auch. Er ruft: »Wo bist du denn?« Da muß ich mich bewegen, zwei Schmerzen machen mir zu schaffen, an der rechten Hüfte der eine, der andere im Kopf. Ich sage: »Hier, Julian.« Mir ist auch schwindlig, ich muß zur Seite gehen, damit er mir nicht noch auf den Kopf springt, ich denke: Aber ich hab' es überstanden. Julians Methode ist eine andere, er setzt sich auf die Mauer. Er rutscht nach vorn, er scheint sich zu beeilen, er stützt sich links und rechts, die Arme sehen ihm bald aus wie Flügel. Nein, ein Feigling ist er nicht, er fliegt zum Boden, neben mir fällt er auf den Rücken, er steht viel schneller auf als ich. Weil ich hinter ihm bin, gehe ich herum um ihn, er dreht sich aber, damit ich sein Gesicht nicht sehe, er geht auch ein paar Schritte weg. Ich möchte ihn sehen und fasse seine Schulter an, da stößt er mich zurück, weil er weint. Trotzdem ist er mutig, mein Kopfschmerz ist mal klein, mal groß, die Hüfte tut aber weh bei jedem Schritt. Ich frage: »Bluten deine Hände auch?« Als käme ihm diese Möglichkeit jetzt erst in den Sinn, sieht Julian seine Hände an, dreht sie zum Mond, sie bluten nicht. Um ihn zu trösten, zeige ich ihm meine, er sagt: »Was hast du denn gemacht, du Esel?« Ich sage: »Das Glas.« Er sagt: »Das faßt man doch nicht an.«

Ich friere, wie viele Jacken braucht ein Räuber in

der Nacht? Wir sind jetzt Leute aus einer der Geschichten, Julian vornweg; er fragt: »Bist du noch da?« Das heißt, er hört mich nicht, ich schleiche wie ein Meister. An die Hüfte gewöhne ich mich mit den Schritten, dafür nimmt der Kopfschmerz zu. Alles ist gut, solange ich den Kopf nicht drehe. Irgendwo bellt ein Hund, es ist sehr weit und hat nichts mit uns zu tun. Ich sage: »Gehen wir doch in dieses Haus.« Wir gehen in das nächste Haus, die Haustür aber ist abgeschlossen. Wir lassen keine Tür mehr aus, bei allen ist es dasselbe. Ich weine ein bißchen, auch vor Kopfschmerz und Kälte, Julian lacht nicht. Er zieht mich am Ärmel und sagt: »Komm«, da wird mir leichter. Er sagt: »Weißt du, was ich glaube?« Und als ich den Kopf schüttle und mir so neuen Schmerz bereite, sagt er: »Ich glaube, hier wohnen die Leute noch. Deswegen sind die Häuser zugeschlossen. Leer ist nur unsere Straße.« Ich bleibe vor einem Fenster stehen und möchte wissen, wie recht Julian hat. Ich stelle mich auf die Zehenspitzen, ob in dem Zimmer Leute schlafen. Da sieht mich ein Teufelsgesicht an, nur die Scheibe ist zwi-

schen uns. Ich laufe weg mit meiner Hüfte, daß Julian mich erst an der nächsten Straßenecke einholt. Ich sage: »Hinter dem Fenster war ein Teufel.« Julian sagt: »Dort wohnen welche, du Idiot.«
Er findet unsere Straße, ich erkenne sie kaum bei Nacht. Wir gehen vorbei an einem Zaun, dessen zwei lockere Latten mir bekannt sind. Ich tippe eine davon an und habe recht, in meiner Straße könnte ich viele Kunststücke zeigen. Ich frage Julian, warum er nicht einfach das nächste Haus nimmt; dabei weiß ich, daß er Angst hat, es könnte wieder zugeschlossen sein. Er sagt: »Ich weiß schon, was ich tue.«
Dann geht es mir gut, weil mein Kopf sich besser fühlt. Längst wären wir in einem Haus, wenn Julian so frieren würde wie ich. Ich denke: Hoffentlich ist ihm nicht mehr lange warm. Irgendwann einmal werde ich der Führer sein, dann ziehe ich mir warme Kleider an. Er fragt: »Bist du noch da?« Wir gehen an meinem Haus vorbei, er hat nur sein eigenes im Kopf; ohne ihn könnte ich eintreten, wo ich wollte. Ich denke an des Vaters Taschenlampe, wahrscheinlich bin ich

müde. Zur Werkstatt von dem toten Schuster Muntek verlieren wir kein Wort, in meiner Zeit hier hat er jedenfalls gelebt und uns gejagt. Noch nie war mir so kalt in unserer Straße, der Wind weht gegen meine nackten Beine, doch Julian niest als erster. Er steht bei seinem Haus und kommt nicht durch die Tür. Er rüttelt ein bißchen und tritt ein bißchen, die Tür bleibt aber zu. Ich sage: »Mach nicht solchen Krach.« Er antwortet: »Halt deine Schnauze.« Weil es zu meinem Haus weit ist, gehe ich nur zum nächsten, und das ist offen. Ich rufe Julian, wir sind unserem Glück sehr nahe. Das Haus hat drei Etagen, wir fangen oben an, weil Julian es so will. Auf dem Treppenabsatz ist es schwarz, eine Tür tut sich auf, ein dunkelgraues Loch. Mir schlägt das Herz, weil ich nicht weiß, ob Julian die Tür geöffnet hat oder ein Fremder, bis Julian sagt: »Komm endlich.« Im Zimmer ist eine Unordnung aus gar nichts, umgeworfene Stühle, ein Tisch, ein offener Schrank, in dem unsere Hände nichts finden. Ich frage: »Was stinkt hier so?« Julian sagt: »Du stinkst.« Ich setze mich auf ein zerbrochenes Bett. Julian geht zum Fenster und macht es auf. Es wird heller, er lehnt sich weit hinaus und fragt: »Weißt du, wo unser Lager ist?« Ich stelle mich neben ihn und sage: »Nein.« Er macht das Fenster wieder zu und sagt: »Ich weiß es«, so ist Julian. Auf dem Weg zurück zur Tür stoßen wir gegen einen Eimer, aus dem der Gestank kommt.

Die Zimmer in dem Haus sind alle auf ähnliche Weise leer. In einem steht ein Apparat, der viel zu schwer ist, um ihn mitzunehmen. Julian sagt: »Das ist eine Nähmaschine.« In einem finden wir eine Kiste halb voll Kohlen, was sollen wir mit Kohlen in dem Lager? In einem fällt die Klinke von der Tür ab, ich hebe sie auf und beschließe, sie vorläufig mitzunehmen. Julian nimmt mir die Klinke weg und setzt sie wieder ein. Im nächsten Haus, gleich im ersten Zimmer, findet Julian etwas. Er untersucht es und ruft bald: »Mensch, das ist ein Fernglas!« Ich habe dieses Wort noch nie gehört, er sagt: »Komm her und sieh durch.« Ich trete zu ihm ans Fenster, er hält mir den Fund vors Gesicht, tatsächlich sieht man darin Dinge, die niemand mit gewöhnlichen Augen sehen kann, selbst in der Nacht. Julian zeigt mir, wie ich an einem Rädchen drehen muß, damit die Bilder verschwimmen oder deutlich werden, ich aber kann sowieso nichts sehen, weil plötzlich Tränen in meinen Augen sind. Ich gebe ihm sein Fernglas zurück, es ist ein schrecklicher Zufall, daß er es war, der das Glas gefunden hat. Im nächsten Zimmer kommt Julian zu mir und sagt: »Wir müssen zurück.« Ich sage: »Ich geh nicht, bevor ich nicht auch was finde.« Er sagt noch einmal, daß ich mich beeilen soll, als wäre es eine Frage von Tüchtigkeit, ob ich was finde oder nicht. Er bleibt mit mir in jedem Zimmer, solange ich will, er öffnet jedes Fenster und sieht sich alles durch sein verfluchtes Fernglas an.

Ich spüre, daß ich mit immer weniger zufrieden wäre, doch nichts ist da. Julian sagt: »Wir müssen gehen. Oder willst du, daß alles rauskommt?« Ich sage, in eine einzige Wohnung möchte ich noch gehen, dort liegt der Stoffball unterm Bett, dann laufen wir zurück zum Lager. »Gut«, sagt Julian, seit dem Fernglas ist er ein großzügiger Freund. Während wir die Straße hinuntergehen, weiß ich keine Antwort auf die

Frage, was geschehen soll, wenn ausgerechnet mein Haus zugeschlossen ist. Julian sieht es lange vor mir durch sein Ding und sagt: »Die Tür steht offen.« Unter dem Bett liegt kein Ball, ich krieche in jede Ecke. Als wir das Zimmer verlassen haben, ist er hier gewesen, daran besteht kein Zweifel, also ist später jemand gekommen und hat den Ball gestohlen, jetzt hat sich alles nicht gelohnt.
Julian fragt: »Was hast du?«, weil ich auf dem Bett sitze und weine. Seine Hand legt er mir auf die Schulter, obwohl er grinsen könnte, er ist ein ziemlich guter Freund. Jetzt müßte er mich fragen, ob ich sein Fernglas will; natürlich würd ich es nicht nehmen, doch vieles wäre gut. Dann denke ich an die Taschenlampe des Vaters. Im Lager ist sie nicht aufgetaucht bisher, vielleicht taucht sie hier auf, sofern der Stoffballdieb sie nicht gefunden hat. Wo der Vater sie versteckt hielt, weiß ich nicht, ich glaube, sie hatte keinen festen Platz, mal hat sie auf dem Tisch gelegen, mal woanders. Ich stehe auf und frage Julian: »Wenn du eine Lampe hättest, so groß wie deine Hand, wo würdest du sie hier verstecken?« Er

sieht sich dreimal um, dann fragt er: »Bist du sicher, daß sie hier ist?« Ich sage: »Sie muß hier sein.« Julian legt sein Fernglas auf unseren Tisch und fängt zu suchen an, das gefällt mir und gefällt mir auch wieder nicht. Ich suche eilig los, ich muß die Lampe vor ihm finden. Ein paar Stellen weiß ich, die weiß er nicht, ein Loch im Fußboden, unterm Fensterbrett eine kleine Höhle, ein loses Brett im Dach vom Kleiderschrank. Mein Wissen bringt mir nichts, ich krieche auf dem Bauch durchs Zimmer, ich steige auf den Stuhl, die Taschenlampe taucht nicht auf. Wenn Julian wieder sagt, wir müssen gehen, dann müssen wir gehen. Zum letztenmal lege ich mich unters Bett, da höre ich ihn sagen: »Meinst du die hier?« Er ist ganz ruhig, er hat die Lampe auf den Tisch gelegt und wartet nicht auf Dankbarkeit. Ich frage: »Wo hast du sie gefunden?« Er sagt: »In der Schublade.« Er sagt es wie jemand, der nicht begreifen kann, daß ich wegen einer so lächerlichen Lampe fast den Verstand verliere. Er nimmt sein wichtiges Fernglas und geht zur Tür. Auf die Schublade wäre ich vielleicht nie gekommen, man braucht nicht auf

dem Bauch zu ihr zu kriechen, man braucht nicht auf den Stuhl zu steigen; auch der Balldieb hatte nicht genug Verstand.
Im Lager werde ich das Licht leuchten lassen, jetzt ist Julian ungeduldig. Ich laufe hinter ihm zur Treppe, dabei bin ich es, der jeden Tritt hier kennt. »Danke, Julian«, sage ich oder denke es, auf einmal tut mir Itzek leid. Julian verbietet mir, meine Lampe auf der Straße auszuprobieren. Ich richte mich nach ihm, ich kümmere mich nicht um den Weg und folge ihm, noch ist mir nicht kalt. Die Lampe muß ich in der Hand halten, weil ich ja auch die Hosentaschen vergessen habe. Ich frage: »Weißt du noch den Weg?« »Kannst ja alleine gehen«, sagt Julian, das heißt, er weiß den Weg. Ich habe keine Ahnung, warum er böse ist, ich möchte freundlich zu ihm sein. Ich sage: »Wenn du die Lampe brauchst, kannst du sie immer borgen.« Er sagt: »Ich brauche deine Lampe nicht.« Ich glaube, er möchte genauso gern wie ich wieder zu Hause sein, das macht ihm schlechte Laune; er grault sich so wie ich, gleich wieder vor der Mauer zu stehen und hochzuklettern und in die Tiefe springen zu müssen. Ich sage: »Wenn

die Deutschen alle schlafen, brauchen wir doch nicht zu klettern. Warum gehen wir nicht einfach durch das Tor?« »Weil das zugeschlossen ist, du Idiot«, sagt Julian.

Der Weg wird kälter. Natürlich findet Julian das Lager, und weil ich nie daran gezweifelt habe, bin ich nicht erleichtert. Er findet auch unsere Stelle. Er flüstert: »Mensch, weißt du, was los ist?« Ich flüstere: »Was soll sein?« »Die Eisenstäbe«, flüstert er, »auf dieser Seite sind doch keine.« Ich möchte auch einen Einfall haben und flüstere: »Wir müssen ums Lager herumgehen, irgendwo werden solche Dinger sein.« »Überall auf der Mauer liegt doch Glas, nur an der einen Stelle nicht«, flüstert Julian. Ich sehe mir meine Hände an, die ich vergessen hatte, mein Knie. Ich flüstere: »Wenn wir woanders eine Stelle finden, dann nehmen wir einen Stein und zerschlagen zuerst das Glas.« Ich merke, wie gut mein Einfall ist, denn Julian sagt jetzt nichts und sieht sich um nach einem Stein. Er steckt den Stein in seine Hosentasche und geht als Führer los; wenn wir auf dieser Mauerseite Streben finden sollten, werde ich es gewesen sein, der uns gerettet hat.

Julian sagt im Vorausgehen: »Hör auf mit deiner blöden Lampe, sonst nehm' ich sie dir weg.« Er spielt sich immer dann am meisten auf, wenn er recht hat; ich wäre ein besserer Führer als er, wenn ich der Führer wäre. Wir müssen einen Bogen gehen, einen großen Bogen fort von der Mauer und vorbei am Lagereingang, an dem kein Mensch zu sehen ist, Julian will es so. Er nimmt mir meine Lampe weg, obwohl ich nichts damit getan habe, es geschieht zur Sicherheit, ich wehre mich nicht; ein Führer muß an alles denken und braucht nicht alles zu erklären. Wir schleichen über die Straße, die genau auf das Lagertor zuführt, immer noch ist dort niemand, der uns beobachten könnte. Wir kommen zurück an die Mauer, Julian gibt mir meine Lampe wieder, ich habe es nicht anders erwartet. Wir gehen und gehen und finden keine Streben. Ich sage: »Julian, es kommen keine.« »Das weiß ich selber«, sagt er, geht aber immer weiter. Dann frage ich: »Wie lange wollen wir noch gehen?« Er antwortet, indem er stehenbleibt, er setzt sich hin und lehnt sich mit dem Rücken an die Wand. Ich setz' mich auch und frage nichts, ich sehe

Julian an und sehe etwas Fürchterliches: er weint. Jetzt erst sind wir ohne Hilfe, er weint vor Ratlosigkeit. Sein Weinen vorhin, als er von der Mauer gesprungen und hingefallen ist, war nichts dagegen. Wir rücken zusammen, wahrscheinlich ist ihm nicht weniger kalt als mir. Wahrscheinlich ist er ein paar Monate älter. Ich frage: »Wollen wir in ein leeres Haus gehen und uns hinlegen?« Er sagt: »Bist du verrückt?« Ein paarmal fallen mir die Augen zu. Ich denke, wie schade es ist, daß nicht Julian es war, der den Einfall mit dem leeren Haus gehabt hat. Meine Lampe macht kaum mehr einen Lichtkreis auf den Boden, so hell ist es inzwischen. Ich denke an den Vater, der uns holen müßte, erst mich, dann Julian, oder beide zusammen, unter jedem Arm einen, er müßte mich ins Bett legen und warm zudecken, Menschenskind, wär' das gut. Er müßte meine Mutter bei der Hand halten, beide müßten sie am Bett stehen und auf mich runterschauen und lächeln, bis ich aufgewacht bin.

Dann tut mir etwas weh. Vor uns steht ein riesiger Deutscher, er hat mich angestoßen mit dem

Fuß, er tut es noch einmal, doch nicht wie jemand, der treten will. Aus seinen glühenden Augen sagt er ein paar Worte, die unverständlich sind; ich habe solche Angst, daß ich nicht aufstehen will. Das Unglück wird erst richtig losgehen, wenn ich stehe, ich bleibe sitzen. Neben mir aber steht Julian und wird am Kragen hochgehalten. Der Riese sagt in komischem Polnisch: »Was macht ihr hier?« Ich sehe zu meinem Freund, der Riesige schüttelt ihn ein bißchen. Julian zeigt auf die Mauer und sagt: »Wir sind aus dem Lager.« Dafür bewundere ich ihn noch lange, wie ruhig er das sagt; der Riese fragt: »Und wie seid ihr herausgekommen?« Julian erzählt ihm die Wahrheit, ich sehe mir inzwischen den Helm an und das Gewehr, das über die Riesenschulter ragt, den Riesenschuh auf meinem Bauch, der mich gefangenhält. Ich habe keinen Zweifel, daß wir bald erschossen werden, das war uns klar von Anfang an. Der Riese fragt, warum zum Donnerwetter wir nicht in unser Lager zurückgegangen sind. Auch das erklärt ihm Julian, der noch nie so ein Held gewesen ist wie jetzt. Der Riese sieht an der Mauer hoch und scheint die Sache zu verstehen. Er nimmt den Fuß von meinem Bauch, das ist wie ein Befehl aufzustehen, er packt auch mich, kaum stehe ich, am Kragen. Die Taschenlampe liegt noch auf der Erde, ich muß sie irgendwie erwischen, bevor es losgeht.

Der Riese läßt uns beide los und sagt: »Kommt mit zur Wache.« Er steht aber und geht nicht, wir stehen natürlich auch, er muß den Anfang machen. »Los, geht schon«, sagt er und gibt uns einen Schubs. Ich drehe mich zur Mauer und hebe meine Taschenlampe auf, es ist die letzte Möglichkeit. Der Riese fragt: »Was hast du da?« und greift sich meine Hände, die hinterm Rükken sind. Er sieht die Lampe, er nimmt sie und probiert sie aus und steckt sie weg in seine Tasche, als ob ihm alles hier gehört. Jede Schlechtigkeit, die ich über die Deutschen je gehört habe, ist plötzlich wahr, ich hasse ihn wie die Pest. Einen anderen hätte ich zu überreden versucht, mir die Lampe zurückzugeben, auf einen Streit hätte ich es ankommen lassen, sogar beim Vater, bei diesem Riesendeutschen hat alles keinen Sinn. Ich sehe Julian das Hemd tief in die

Hose stopfen, außer uns beiden weiß niemand, was er unter seinem Hemd versteckt. Ich wünsche ihm, daß er das Fernglas durchbringt, ich gönne dem Riesen das Fernglas nicht. Er sagt: »Geht ihr wohl endlich.« Wieder schubst er uns, wir gehen vor ihm her, ich bemerke, wie Julian seine Beute vom Rücken auf den Bauch verschiebt. Wenn wir erschossen werden, denke ich, nützt ihm sein Fernglas auch nicht viel. Der Riese sagt, wir sollen stehenbleiben.

Er dreht uns mit seinen Riesenhänden herum zu sich. Er sieht uns lange an wie einer, den irgendwas beschäftigt, die allerschlimmsten Sorgen wünsch' ich ihm. Er sagt: »Wißt ihr, was mir passiert, wenn ich euch nicht zur Wache bringe?« Als ob das unsere Sache wäre, er ist nicht nur ein Dieb, er ist auch ein Idiot. Ich denke: Gar nicht schlimm genug kann es sein, was dir passiert. Julian sagt: »Ich weiß es nicht.« Ich möchte antworten, daß es mich nicht interessiert, das wäre eine gute Antwort; doch ich sehe seine Pranken baumeln, ich möchte für mein Leben gern ein Riese sein. Plötzlich packt er uns im Genick und wirft sich nieder, daß wir mit ihm zu

Boden fallen müssen. Er hält mich immer noch beim Genick, als wäre es aus Holz. Er sagt: »Kein Wort.« Ich sehe ein Licht weit hinten an der Mauer, ein Motorrad. Bald hört man das Geräusch dazu, ich bilde mir ein, ich höre auch das Herz des Riesen schlagen; inzwischen übertönt sein Herz sogar das Motorradgeräusch. Er sagt: »Kein Wort«, und dabei redet niemand außer ihm. Ein Dieb ist er, ein Dummkopf, ein Feigling, ich habe keine Angst vor so einem. Julian kann ich nicht sehen, weil zwischen uns der Riesenkörper liegt. Das Motorrad biegt, ein ganzes Stück von uns entfernt, um eine Ecke, wir müssen aber noch ein Weilchen liegen.
»Steht auf«, sagt dann der Riese. Er läßt uns los und klopft sich die Soldatenkleider ab. Ich sehe mir meine Unterhose an und weiß, es wird nicht wenig Ärger mit meiner Mutter geben, falls ich das hier überstehe. Der Riese setzt seinen Helm ab und wischt sich über die Stirn, wie alle Deutschen hat er blondes Haar. Er läßt sich Zeit, als gäbe es die Kälte nur für mich und nicht für ihn. Sein Helm sitzt wieder auf dem Kopf, da nimmt er sein Gewehr; jetzt ist es wohl soweit, wegneh-

men und erschießen, das können sie. Julian fragt: »Erschießen Sie uns jetzt?«
Der Riese sagt nichts, er hält die Frage Julians wohl nicht für wichtig. Er schaut die Straße rauf und runter, es soll wahrscheinlich niemand sehen, was er gleich machen wird mit uns. Er sagt zu Julian: »Versuch bloß nicht wegzulaufen« und droht mit dem Finger. Wozu hat er sein Gewehr in die Hand genommen, wenn nicht zum Erschießen, er lehnt es aber an die Mauer. Er weiß wohl selbst nicht, was er will, die Taschenlampe ist eine kleine Beule unter seiner Jacke, ich hätte sie einfach an der Mauer liegenlassen sollen, dann hätte irgendein Glücklicher sie irgendwann gefunden. Er zeigt auf mich und sagt nur: »Du«, da muß ich zu ihm gehen. Er sagt: »Ich werde euch auf die Mauer heben. Springt aber schnell und lauft, so schnell ihr könnt, in eure Baracken, es darf nicht lange dauern. Verstanden?« Darum also geht es, ich weiß nicht, ob ich jetzt erleichtert bin, gleich muß ich wieder springen. »Wir haben eine Stelle«, sagt Julian, »auf der kein Glas liegt. Es ist nicht weit von hier.« Der Riese sagt: »Hier ist nirgends Glas« und hebt mich hoch wie nichts. Ich

habe keine Zeit zum Überlegen, es tut weh, weil er mich an den Hüften hält. Er sagt: »Stell dich auf meine Schultern.« Ich lehne mich gegen die Mauer und tue, was er befiehlt, ich kann den Rand noch nicht erreichen. Er sagt: »Jetzt steig auf meinen Kopf.« Er hält mich an den Fußgelenken, ich zahle ihm ein Stückchen von der Lampe heim: ich mache mich schwer und bin mit seinem Kopf nicht vorsichtig. Der Helm ist sein Glück, ohne Helm würde er sich ganz schön wundern. Er sagt: »Beeil dich.« Ich stehe auf einem Bein, mehr Platz ist auf dem Helm nicht, ich kann den Mauerrand jetzt greifen. Er fragt: »Kannst du dich halten?« Ich hebe vorsichtig den Fuß von seinem Kopf, da geht er weg unter mir. Ich hänge und werde niemals auf die Mauer kommen; genau so habe ich vorhin gehangen, nur daß ich da zur Erde und nicht nach oben wollte. Ich sehe über die Schulter nach unten und sehe, er nimmt sein Gewehr.

Das ist der größte Schreck, das kann sich keiner vorstellen: hoch in der Luft zu hängen, damit er nun doch schießt nach all den schönen Reden. Es hält mich nichts mehr an der Mauer, ich stürze ab. Der Sturz wird mit den Jahren immer länger, so hoch kann keine Mauer sein, dann werd' ich von dem Riesen aufgefangen. Es ist, als ob ich nie gefallen wäre. Der Riese legt die Hand auf meinen Mund, bevor ich schreien kann. Er sagt: »Was machst denn du?« Er stellt mich auf die Füße, hebt sein Gewehr vom Boden auf und lehnt es wieder an die Mauer. Dann sagt er: »Gleich noch einmal, los.« Wieder nimmt er mich, ich kenne mich schon ein bißchen auf den Schultern aus, ich lasse diesmal seinen Kopf in Ruhe. Als ich Julian unten stehen sehe, bin ich neidisch: Ich muß auf Leben und Tod kämpfen, ich stürze ab und werde erschossen oder nicht erschossen, und er steht da und sieht sich alles seelenruhig an. Und darf sogar sein Fernglas behalten, darüber wird bei Gelegenheit noch zu sprechen sein.

Von neuem fasse ich den Mauerrand. Der Riese läßt eines meiner Fußgelenke los, das andere bleibt in seiner Hand. Er sagt zu Julian: »Gib mir das Gewehr.« Den Gewehrkolben stemmt er gegen meinen Hintern und schiebt mich in die Höhe, fast kann ich darauf sitzen, ich komme ohne Mühe auf den Mauerrand. Ich liege auf dem Bauch und sehe, wie recht er hat, ich finde nicht das kleinste Stückchen Glas, das Glas ist ein Geheimnis. Ich kann in unser Lager schauen, in dem es noch still und leer ist wie bei Nacht, doch hell schon wie am Tag. Von unten ruft der Riese: »Runter mit dir.«

Ich dreh' mich auf der Mauer und häng' mich an die andere Seite und falle, bis es nicht weitergeht. Ich liege da und weine, ich bin zurück und habe nichts als Schmerzen mitgebracht. Kein Julian interessiert mich mehr, für seine Einfälle wird er sich in Zukunft andere suchen müssen. Ich stehe auf, die Eltern rücken näher. Der Vater muß sich freuen, daß ich überhaupt noch lebe, meine Mutter wird weinen, wenn sie mich sieht, und dann die vielen Wunden sauberwaschen; die Wahrheit kann ich ihnen nicht erzählen. Die Hände bluten wieder, die Knie bluten, mein Ellbogen ist wie in Schmutz und Blut getaucht. Ein Trost ist, daß sie mich wahrscheinlich vor Mitleid streicheln werden. Ich gehe los, morgen werde ich zu Julian sagen: »Von wegen alle Deutschen schlafen in der Nacht.«

Als ich mich umdrehe, springt er von der Mauer auf seine Art. Er fällt nicht schlecht, aber er bleibt liegen. Ich gehe zurück zu ihm, weil er mein Freund ist, wie er so auf dem Bauch liegt. Er weint, er weint und weint, wie ich noch niemals einen habe weinen sehen. Ich war schon fertig mit dem Weinen und fange selber wieder an. Ich frage: »Hat er dir das Fernglas weggenommen?« Es dauert ein bißchen, bis er meine Hand zurückstößt und aufsteht. Ich sehe das Fernglas unter seinem Hemd. Er humpelt fort und hört nicht auf zu weinen, ich laufe hinter ihm her und bin nun endlich besser dran. Ich frage: »Sehen wir uns morgen?« Ich kann nichts Böses an dieser Frage finden, doch was tut Julian? Er haut mir auf den Kopf. Er sieht mich an, als hätte er noch mehr Schläge für mich in seinen Fäusten, dann humpelt er weiter. Ich bleibe stehen und hör' ihn weiterweinen; soviel Mitleid brauche ich nicht zu haben, daß ich ihm jetzt noch nachlaufe. Ich freue mich auf die Baracke, in der ich nicht mehr frieren muß.

Hinter der Tür ist es dunkel. Ich schließe sie so leise, daß ich nichts höre; wer nicht schon vorher wach war, der schläft auch jetzt noch. Die Eltern sitzen auf dem Bett und sehen mir entgegen mit großen Augen. Jemand flüstert: »Du lieber Himmel, was haben sie mit dir gemacht?« Nichts tut mehr weh in diesem Augenblick, und trotzdem ist mir, als ob das Schlimmste erst noch kommt. Meine Mutter hält beide Hände vor den Mund, der Vater rührt sich nicht, ich bleibe zwischen seinen Knien stehen. Er legt mir eine Hand auf den Kopf und dreht mich einmal rundherum. Dann hält er mich an beiden Schultern fest und fragt: »Wo bist du gewesen?« Ich sage: »Ich war draußen und bin hingefallen.« Der Vater sagt: »So fällt kein Mensch hin.« Meine Mutter ist aufgestanden und sucht in unserer braunen Tasche. Der Vater schüttelt mich so heftig, daß mein Kopf, der schon lange ruhig war, wieder anfängt wehzutun. Ich sage: »Wir haben uns draußen getroffen und uns gestritten und geschlagen. Das ist wahr.« Er fragt: »Wer ist das, wir?« Ich sage: »Du kennst ihn nicht«, ich kann auf einmal lügen wie lange nicht mehr. Meine Mutter hält ein Handtuch bereit, von dem es tropft, sie nimmt mich dem Vater weg und führt mich zum Licht ans Fenster. Der Vater folgt uns und sieht zu. »Geh zu Professor Engländer und frag, ob er ihn sich ansehen kann«, sagt meine Mutter. Der Vater fragt: »Können wir damit nicht warten, bis der Appell vorbei ist?« »Nein«, sagt sie böse, »oder ist dir der Weg zu gefährlich?« Da geht er auf Zehenspitzen los, und endlich streichelt mich meine Mutter. Sie sagt: »Du mußt verstehen, daß er so aufgeregt ist.«

Sie legt mich auf das Bett, meinen Kopf nimmt sie auf den Schoß. Ich denke, daß ich ihr später vielleicht die Wahrheit erzählen werde, nur ihr. Sie sagt: »Du bist so müde, mein Kleiner.« Es ist ein Glück, bei ihr zu liegen, obwohl sie mich mit ihrem Finger nicht schlafen läßt. Sie spricht mit irgend jemandem, ein paarmal fällt das Wort *wahrscheinlich.* Ich öffne die Augen, da lächelt sie auf mich herunter, als wäre ich etwas Komisches.

Der Vater hält ein dunkles Fläschchen in der Hand. »Engländer hat mir Jod gegeben«, sagt er. Ich frage: »Wird es wehtun?« Meine Mutter sagt: »Ja, aber es geht nicht anders.« Da stehe ich auf und trete ein paar Schritte zurück, weil ich finde, daß es genug wehgetan hat in dieser Nacht. Der Vater sagt: »Hör nicht auf sie, es tut nicht weh. Es reinigt nur die Wunde.« Das klingt schon besser. Er sagt: »Ich kann es dir beweisen.« Ich passe sehr genau auf, schließlich geht es um meinen Schmerz, ich sehe auf seinen ausgestreckten Arm. Er träufelt sich ein paar Tropfen aus dem Fläschchen auf den Arm, sie bilden einen kleinen schwarzen See und laufen langsam auseinander. Dann sagt er: »Das soll wehtun? Denkst du, ich würde das Zeug freiwillig auf meinen Arm gießen, wenn es wehtun würde?« Ich sehe mir seine Augen aus der Nähe an und finde nicht die kleinste Spur von Schmerz. Ein weiterer Beweis ist, daß meine Mutter von uns weggeht; sie hat sich geirrt und will es nicht zugeben, da geht sie einfach weg. Der Vater sagt: »Komm her jetzt.« Ich halte ihm den Ellbogen hin, er dreht meinen Arm ein bißchen, damit die Tropfen genau die Wunde treffen.

Entwurf für einen Alptraum

Wie üblich schreibe ich an einem Buch. Plötzlich, an einer Stelle, die mir von fern wie ein Kinderspiel vorgekommen war, überfällt mich der Verdacht, ein bestimmtes Wort vergessen zu haben. Je länger ich nachdenke, um so sicherer bin ich: mir fehlt ein Wort. Natürlich weiß ich nicht welches. Doch ohne dieses Wort, das spüre ich, kann ich nicht das schreiben, was ich schreiben will. Es sei denn, nur ungefähr, aber das ist so gut wie nichts. Ich suche mit aller Macht, ich klappere die Wörter ab. Auch in anderen Büchern kann ich das Wort nicht finden. Ich führe Gespräche nur noch in der Hoffnung, irgend jemand könnte zufällig das eine Wort benutzen. Dann breche ich die Suche ab und gehe wieder an mein halbfertiges Buch. Ich beschließe, das Buch ohne dieses Wort zu Ende zu schreiben. Wenn es fertig sein wird, werde ich der einzige sein, der weiß, daß ein Wort darin fehlt. Eine andere Hoffnung gibt es nicht.

Aus heiterem Himmel

Aus heiterem Himmel findest du deine Wohnung unerträglich. Es dauert eine Weile, bis du für dein Gefühl, das zuerst nichts als dunkles Unbehagen ist, einen Grund siehst. Du glaubst auf einmal, daß die Wohnungseinrichtung dich behindert. Du glaubst, daß es nicht deine Eigenarten waren, nach denen die Möbel ausgesucht wurden, sondern daß mehr und mehr die Einrichtung der Wohnung deine Eigenarten bestimmt. Und dafür ist sie dir plötzlich nicht gut genug.

Du siehst dich prüfend um, was unbedingt entfernt oder verändert oder ausgewechselt werden müßte. Während du noch unentschieden bist, spürst du Angst, du könntest zu dem Schluß kommen: alles. Du setzt dich auf den einzigen Platz, von dem du sicher bist, daß er dir bleibt, wie immer die Veränderungen ausfallen mögen, auf den Fußboden. Du kommst dir umzingelt vor von Überflüssigem. Ein Sofa, das mitten im Zimmer steht, erscheint dir nur noch wie ein

Ding, das dich daran hindern soll, zehn Schritte geradeaus zu gehen.
Du verdächtigst dein Bett, in Wahrheit ein Ungeheuer zu sein. Du erinnerst dich zwar, warum du gerade dieses Bett gekauft hast: weil es so bequem ist. Jetzt aber wirst du die Frage nicht los, wie viele Stunden du im Bett gelegen hast, nur weil es so bequem ist.
Dein Unmut über die Bilder. Die meisten, bist du plötzlich sicher, hängen nur deshalb an ihrem Platz, weil sie irgendwann einmal dorthin gehängt worden sind. Zugegeben, von dir selbst, doch du denkst jetzt: Was ist das schon für ein Grund?
Eines der Bilder findest du abscheulich. Eigentlich, denkst du, hast du es schon immer abscheulich gefunden, schon als du es damals aufgehängt hast. Sogar schon vorher: du hast es nur aufgehängt, weil du einmal der Ansicht warst, in deine Wohnung gehöre auch ein häßliches Bild. Dieser Ansicht bist du längst nicht mehr, aber das Bild hängt und hängt. Ein anderes Bild kommt dir unbekannt vor, denn du hast es seit Jahren nicht mehr angesehen, unbekannt und nichtssagend.

Du denkst: Mein Gott, das habe ich dort hingehängt.
Du fragst dich, in welcher Reihenfolge du vorgehen solltest; ob du zuerst darüber zu entscheiden hast, welche anderen Bilder du anstelle der abzuhängenden an die Wand hängen willst, oder ob du zuerst einfach die Bilder von der Wand nimmst. Du weißt, daß hinter den Bildern helle Flecken sind. Wo Bilder einmal gehangen haben, sagst du dir, dort müssen immer wieder Bilder hängen, gleichgroße oder größere. Außer du entschließt dich, die Wohnung zu renovieren, willst du das tun? Dann stellst du dir die Frage, was denn an hellen Flecken an der Wand so Schreckliches ist. Dann stellst du dir jemanden vor, der helle Flecken an der Wand so liebt, daß er Bilder nur deswegen aufhängt, um helle Flekken zu erzeugen. Nach einer Weile nimmt er die Bilder wieder ab und freut sich über die Stellen. Du findest den Gedanken spaßig, weißt aber gleichzeitig, daß du dieser Jemand nicht bist.
Mit der Anschaffung des Bücherregals, sagst du dir, hat auch ein Unglück angefangen. Bald kamst du zu der Ansicht, ein leeres Bücherregal

wirke deprimierend, also hast du es eilig gefüllt. Du hast, wie du jetzt fürchtest, die richtige Reihenfolge nicht beachtet: du hättest zuerst genügend Bücher besitzen und dann erst das Regal anschaffen sollen. Weil du dich nicht darum gekümmert hast, konnte das leere Bücherregal Druck auf dich ausüben. Kaufen konntest du aber nur die Bücher, die es zu kaufen gab. Die meisten davon hast du gelesen, eigentlich alle, denn du wolltest nicht einer sein, der Bücher nur zum Hinstellen kauft. Du rechnest die Stunden zusammen und bist erschrocken.

Du stehst vom Fußboden auf und weißt nicht, womit du anfangen sollst. Du gibst dem Stuhl einen Tritt, hebst ihn aber sofort wieder auf und stellst ihn zurück an seinen Platz, wie voll Mitleid. Du wünschst dir deine Wohnung so leer wie an dem Tag, an dem du eingezogen bist.

Gäste

Die Gedanken wie Hände mit steifen Fingern, berühren ja, greifen nein. Sinnlos die Sehnsucht nach Leichtigkeit, es sträuben sich alle Sätze, keine Zeile gelingt mühelos, niemals Schwung. Jedes Wort muß aus einem Brei gezogen werden. Es will entklebt und gesäubert und geprüft sein, dann paßt es natürlich nicht und wird zurück in die Wortmasse geworfen oder, in der irren Hoffnung auf bessere Gelegenheiten, zur Seite gelegt. Andauernd ein verlockendes Flüstern: Laß es gut sein, was willst du denn noch, es merkt ja niemand, daß diese zwei Wörter nicht ganz glücklich zueinander stehen, du übertreibst. So klingt Talentlosigkeit, man kann nicht oft genug daran erinnern. Andererseits kann Talent aber auch nicht heißen: nicht vorwärtskommen.

Die Frau kam leise herein, wie um ihrem Mann noch drei Sekunden Arbeit zu gönnen. Er bemerkte sie erst, als der Aschbecher vom Schreibtisch genommen wurde und als sie sagte: Du mußt jetzt aufhören.

Das geschah nicht oft, gewöhnlich ließ sie ihn sitzen, bis er vor Ratlosigkeit oder Erschöpfung aufgab und zu ihr und dem Kind ins Zimmer ging. Immer hatte sie von ihm dann den Eindruck eines Trostsuchenden, es wäre ihr nie eingefallen, in den ersten Minuten von ihren eigenen Sorgen zu sprechen oder Forderungen an ihn zu richten. Diesmal aber trat sie mit großer Entschiedenheit auf, sie hatte keinen Zweifel, daß er den Grund für die Mahnung kannte. Sie sagte, er müsse sich nun wirklich beeilen, es sei kaum mehr eine halbe Stunde Zeit.

Er schrieb hastig einige Worte nieder, als fürchtete er, jemand könnte sie ihm wegnehmen. Dann erst sagte er, er sei noch nicht fertig, er müsse noch eine kleine Sache zuendebringen, es laufe heute ganz gut, sagte er, er möchte den Gedanken auf keinen Fall abreißen lassen. Der Frau tat es leid, daß sie unnachgiebig bleiben mußte, sie erinnerte ihn daran, daß in einer halben Stunde die ersten Gäste kämen.

Was für Gäste? fragte er erschrocken. Sie wußte,

daß er sich nicht verstellte; einige Sekunden ließ sie ihm, bis er verlegen flüsterte: Ach ja. Unglücklich sah er sie an und stand nicht auf vom Schreibtisch. Nur ein paar Minuten, bat er, es komme ja doch nie einer pünktlich. Die Frau stellte nach kurzem Zögern den ungeleerten Aschbecher zurück, seufzend. Sie nahm ihre Tochter, die inzwischen in der offenen Tür stand, bei der Hand und sagte: Geben wir ihm noch eine kleine Frist. Dann ließen die beiden ihn wieder allein, er war erleichtert. Er stützte sofort den Kopf in die Hände, um keinen Augenblick zu verlieren. – Eine Uhr stand vor ihm, eine elektrische, die keine Geräusche machte. Er gab sich zwanzig Minuten, wahrscheinlich waren die Gäste auf acht eingeladen, dann blieb immer noch Zeit, das Hemd zu wechseln. Zwanzig Minuten können lang sein, an guten Tagen war ihm schon viel geglückt in zwanzig Minuten, manchmal ein so hübsches Stück wie sonst in einer Woche nicht. Gern hätte er sich ein Glas Tee aus der Küche geholt, doch wäre das in den Augen der Frau gewiß eine übertriebene Vorbereitung auf eine so kurze Arbeitszeit gewesen.

Er schrieb an einem Roman, der ursprünglich eine längere Erzählung hatte werden sollen. Bis heute befielen ihn Zweifel, ob die Hunderte von Erfindungen, die er während des Schreibens gemacht hatte, von so majestätischer Art waren, daß sie die Änderung seines alten Plans rechtfertigten. Es ging um einen Mann, der plötzlich ohne Arbeit dastand und sich ohne seine Freunde nicht zu helfen wußte; doch war es ihm unerträglich, vor diesen Freunden als Bedürftiger zu erscheinen, also erfand er die Geschichte, er werde von der Polizei gesucht, irrtümlicherweise, er müsse sich für einige Zeit bei ihnen, den Freunden, verborgen halten, bis der wahre Schuldige an dem Verbrechen gefunden sei.
Als auf dem Korridor die Tochter rief, sie wolle noch nicht ins Bett, stand er auf, öffnete die Tür und sagte streng, die lumpigen Minuten, die man ihm gebe, hätten nur dann einen Sinn, wenn Ruhe herrsche. Auf dem Rückweg zum Schreibtisch sah er im Bücherregal eine Manuskriptseite liegen, die er vor Wochen vermißt hatte. Aus dem Gedächtnis hatte er sie nocheinmal schreiben müssen, der Verlust war ihm damals wie ein

Schaden vorgekommen, der nie mehr ausgeglichen werden konnte. Er las nun die wiedergefundene Seite, mit von Zeile zu Zeile nachlassender Erwartung, dann suchte er den nachgefertigten Text heraus, setzte sich mit beidem hin und fing an zu vergleichen. Er hatte kaum damit begonnen, als die Frau wieder hereinkam und sagte: Ich bitte dich.

Sie trug jetzt ein schulterfreies Kleid aus grüner Seide, das bis zum Boden reichte, ihr Haar war hochgesteckt, wie er es liebte. Wieder nahm sie den Aschbecher, so als gäbe es kein deutlicheres Zeichen, um das Ende der Arbeit anzuzeigen. Er küßte ihren Rücken und sagte, er komme sofort, es gehe nur noch um einen Wimpernschlag. Aber sie schüttelte den Kopf, nahm ihm den Stift aus der Hand und sagte: Deine Wimpernschläge kennt man. In diesem Augenblick drückte jemand auf den Klingelknopf, da mußte sie hinauseilen. Während er seine Zimmertür schloß, sah er, wie sie im Vorbeigehen den Aschbecher auf einem Wandbord im Flur abstellte.

Er versuchte, die Stimmen der Besucher nicht zu identifizieren. Er hörte Begrüßungsworte und dann ein Rascheln, wahrscheinlich von Blumenpapier; eine lärmende Heiterkeit, wie sie leicht bei Begrüßungen aufkommt, ließ ihn das Gesicht verziehen, doch bewegten sich die Geräusche bald ins Wohnzimmer und verstummten. Aus dem Silberpapier einer Zigarettenschachtel faltete er sich einen neuen Aschbecher, er mußte jetzt rauchen. Dann sah er das aufgetauchte Manuskriptblatt lange an, bis ihm der Einfall kam, mit einem Rotstift all die Stellen zu unterstreichen, die bewahrt werden sollten.

Daß die gute Möglichkeit sich nur so wenig von der schlechten unterscheidet! Daß, was dir heute so einleuchtend vorkommt, morgen wie der peinlichste Mißgriff aussieht! Wie soll man ein Urteil nach dem anderen fällen, wenn alle Maßstäbe sich im Verborgenen halten, wenn dein einziger Anhaltspunkt eine kaum spürbare Empfindung ist? Jedes Satzstück ruft marktschreierisch: Nimm mich, ich bin, was du brauchst! Betrüger, Diebe, Halsabschneider, aus allen Richtungen läuft das Gesindel zusammen, sobald du dich blicken läßt, du bist ihr ideales Opfer. Was haben sie dir nicht alles aufgeschwatzt, deine Unachtsamkeit nutzend, deine Beschränktheit, deine Schwäche! Schüttelt es dich nicht vor Entsetzen, wenn du in seiner Häßlichkeit erkennst, was du gestern für einen guten Einfall gehalten hast? Wie ein Schiffchen ohne Kompaß schwimmst du auf dem Ozean der Wörter und mußt so tun, als wäre jede Küste, an die der Sturm dich wirft, von vornherein dein Ziel gewesen.

Er schreckte auf, als es an der Tür von neuem läutete. Diesmal ein Durcheinander von Stimmen, es mußten mehrere Gäste auf einmal gekommen sein, mindestens zwei Paare, dazu das unterdrückte Bellen eines Hundes. Zu wem der Hund gehörte, wußte er. Er beschloß, die alte Manuskriptseite später zu durchforschen und dafür lieber an dem Satz weiterzuschreiben, den er heute unbedingt noch beenden wollte. Zweimal hatte er schon geglaubt, die Arbeit hinter sich zu haben, ein drittesmal, auf dem richtigen Weg zu sein. Doch immer war die Freude kurz: Das einemal fand er heraus, daß sein Satz eine Andeutung enthielt, die kein Leser beim Stand der Handlung verstehen konnte, und später, daß die Konstruktion einfach häßlich war. Als er sich dann der Lösung nahe fühlte, in Gedanken vorerst und noch nicht auf dem Papier, war seine Frau hereingekommen und hatte ihn zum Aufhören gedrängt. Danach war die Idee wie weggeblasen. Sein Ärger darüber hielt sich aber in Grenzen, denn er wußte, wie gefahrvoll und beschwerlich der Weg war, den jeder Einfall vom Innern seines Schädels bis aufs Papier zurücklegen mußte, daß er meist in einem Zustand dort ankam, als wäre er unter Räuber gefallen. Die Frau hatte nichts verursacht, was sich mit hoher Wahrscheinlichkeit nicht auch ohne sie zugetragen hätte.

Es schwebte nun Ablenkung im Zimmer, eine Unruhe, die ja nicht nur von den gelegentlich auftauchenden Stimmen oder Geräuschen herkam. Vor Jahren hätte er sie als Vorwand zum Aufhören genutzt, als er ein junger Schriftsteller war und glaubte, ohne vollkommene Ungestörtheit sei Schreiben nicht möglich. Inzwischen stand für ihn fest, daß es die ersehnte Ungestörtheit nicht gab, daß äußere Stille ihm nur den Blick auf die Unruhe in seinem Inneren schärfte, auf eine Unruhe, die nie versiegte. Das hieß nicht, daß Lärm ihm bei der Arbeit willkommen war, doch erkannte er die Gefahr, ihn als Ausrede zu mißbrauchen, als scheinbar einleuchtende Erklärung für seine Niederlagen. Einmal hatte seine Frau sich bei ihm entschuldigt, weil es ihr über Stunden nicht gelang, das Geschrei im Kinderzimmer zu unterbinden, und er hatte sie mit den Worten beruhigt: Laß nur, wenn es gut läuft, nimmt man Störungen kaum wahr.

In ein grünes Notizbuch schrieb er eine Phrase, die er im nächsten Kapitel vielleicht benutzen konnte. Dann widmete er sich wieder seinem Satz, dessen erwünschter Inhalt deutlich vor ihm stand: Der Held sollte sich zu der Behauptung versteigen, daß der frühere Geliebte einer gewissen Amanda, dessen Nachfolger er selbst bei eben dieser Amanda geworden war, ihn bei der Polizei angeschwärzt hatte. Das Unüberschaubare an der Sache bestand darin, daß Denunziation und Verfolgung durch die Polizei, wie man als Leser längst weiß, pure Erfindung waren, daß aber der ehemalige Freund Amandas tatsächlich existierte. Am Ende kannte einer der Hörer der

Lügengeschichte ihn persönlich, was konnte das für Konsequenzen haben?
Die Frau kam herein, zum letztenmal, mit vor Ärger kleinen Augen. Nachdem sie leise die Tür geschlossen hatte, stellte sie sich vor ihn hin, vor seinen Schreibtisch, und sagte, jetzt höre der Spaß auf, jetzt beginne die Unhöflichkeit gegenüber den Gästen, die schließlich nicht über seinen Kopf hinweg eingeladen worden seien. In der dann folgenden Pause seufzte er nur und zündete sich eine Zigarette an, wobei er sie nicht ansah. Die Frau sagte, wenn sie von Anfang an gewußt hätte, daß er sich nicht von der Arbeit trennen würde, hätte sie nicht zu den ersten Gästen gesagt, er komme in wenigen Augenblicken. Man hätte dann schon eine Ausrede gefunden, nun stehe sie als Lügnerin da, und er als ein arroganter Kerl, dem es nichts ausmache, die wenigen Freunde, die man noch habe, vor den Kopf zu stoßen. Warum stehst du nicht einfach auf und kommst?
Er lächelte und stieß hörbar Atem aus, als wollte er entgegnen: Du stellst dir das zu leicht vor, meine Liebe. Er beugte sich vor zu seiner Arbeit,

während sie immer noch auf eine Antwort wartete. Es vergingen quälende Sekunden, bevor er sagte, wenn man sich daran gewöhne, nicht bis an sein Ziel zu kommen, verliere man bald alle Antriebskraft. Darauf sagte die Frau ärgerlich: Komm mir doch nicht mit Redensarten! Sie werde jetzt gehen, sagte sie, und den Gästen reinen Wein einschenken, sie werde ihnen sagen, daß er sich nicht von seinem Schreibtisch trennen wolle. Dabei glaube sie nicht, daß seine Starrheit etwas mit der Arbeit zu tun habe, fügte sie bei schon geöffneter Tür hinzu, bestimmt wolle er sich etwas beweisen. Er wolle am Ende herausfinden, ob Zeitaufwand als Waffe gegen Einfallslosigkeit tauge. Nur sei jetzt ein denkbar schlechter Augenblick für so kindische Experimente.

Als sie gegangen war, sagte er vor sich hin: Wie soll man der Einfallslosigkeit denn sonst begegnen als mit Zeitaufwand? Er las die letzten Manuskriptseiten, nicht um sich einen Überblick zu verschaffen, sondern um aus seiner Verstimmung herauszukommen. Die dauernden Störungen waren nur scheinbar verständlich, in

Wahrheit handelte es sich um Rücksichtslosigkeiten.
Wenn er nicht immer wieder gezwungen wäre, einen neuen Anlauf zu nehmen, könnte er längst bei den Gästen sein. Der Vorwurf, er vergraule ihre Freunde und treibe sie in die Einsamkeit, kam genau zur richtigen Zeit, jetzt mußte er auch noch das aus dem Kopf räumen. Manchmal war sie auf unbegreifliche Weise selbstsüchtig. Er schrieb ein Stück von einem Satz hin und betrachtete es dann wie ein Bild: Berger besoff sich an seiner Erzählung, er hörte sich plötzlich behaupten ...
Gleich spürte er Unbehagen. Die Wörter kamen ihm plump vor, obwohl er an keinem etwas auszusetzen wußte und ein jedes an der rechten Stelle zu stehen schien. Es handelte sich um den Anfang eines Satzes, der zutreffend sein mochte, der vielleicht stichhaltig und fehlerfrei war, weiter aber nichts, darin bestand das Problem. Der Satz litt schon jetzt an derselben Krankheit, von der die meisten bereits geschriebenen Seiten befallen waren: Es fehlte ihnen an Schwerkraft, an einer Eigenschaft, die allen gemeinsam gewesen

wäre und jede einzelne von ihnen als Teil eines größeren Ganzen erkennbar gemacht hätte. Diese Furcht lähmte ihn immer wieder: daß er Buchstaben um Buchstaben niederschrieb, Zeile um Zeile, Kapitel für Kapitel, doch ohne den Zauber, den die Sache einmal für ihn gehabt hatte, noch vor dem Beginn. Manchmal gelang es ihm, sich mit dem Gedanken zu beruhigen, er verhalte sich genau wie die vielen Toren, die sich schnell verliebten, Hals über Kopf heirateten und dann ihr Leben lang dem Schauer der ersten Nächte nachtrauerten.

Beim Versuch, die Schmutzpartikel zu beseitigen, sterben dir die Sätze. Einer nach dem anderen geht elend zugrunde, während du mit deinem Chirurgenblick und dem Chirurgenmesser in ihnen herumschneidest. Nieder mit der Ungenauigkeit! Aber was, wenn sie zum Erblühen genau das brauchen, was dich wahnsinnig macht? Wenn sie im Unreinen leben wollen wie die Schweine? Eines steht doch fest – so wie bisher geht es nicht weiter. Und da die Sätze nicht ihr Wesen ändern werden, mußt du dich ändern, es gibt nichts Drittes. Das Dritte wäre deine Unfähigkeit. Wieso besoff sich Berger? Seit wann sind Erzählungen flüssig? Höchstens berauschte er sich, aber das ist zu gerade, es geschieht in diesen wenigen Worten, während das halbe Kapitel ungenutzt verstrichen ist. Und wieso hört er sich behaupten? Die anderen hören ihn. Ihm unterläuft nichts, er weiß es vorher, er kalkuliert mit kühlem Verstand, wenn er welchen hat, davon handelt die ganze Geschichte. Also auch nicht plötzlich.

Berger fragte, ob jemand sich an die gute alte Amanda erinnern könne, nein? ...
Der Hund war zuerst an der Tür, Bobo, er winselte in äußerster Ungeduld, bis sein Herr die Klinke niederdrückte, Leopold. Aber es war Leopolds Frau. Sie küßte ihn lächelnd zur Begrüßung, während der Hund die Nase wild gegen seine Hosenbeine stieß und tat, als hätte er ewig auf diesen Augenblick gewartet. Leopolds Frau sagte: Entschuldige das Sakrileg, man schickt mich. Ich darf nicht ohne dich zurückkommen.

Sie sah prächtig aus, unter allen Bekannten war sie die einzige Frau, mit der er gern eine Liebschaft gehabt hätte. Wahrscheinlich wußte sie das. Er setzte sofort ein schuldbewußtes Gesicht auf und bat sie, bei den anderen ein gutes Wort für ihn einzulegen. Es gehe um eine seltsam ausschlaggebende Stelle. Sie unerledigt liegenzulassen wäre wie eine Kapitulation. Er bitte um Vergebung, nur noch ein paar Augenblicke, er werde keine Sekunde später kommen als nötig.
Sie blickte über ihn hinweg auf seine Seiten, das war ihm unangenehm. Aber er mochte nicht die Hände darüber halten, was konnte sie schon sehen. Er sagte: Ich flehe dich an, es brennt. Von seiner Zigarette, die im selbstgemachten Aschbecher lag, nahm sie einen Zug und blies ihm den Rauch ins Gesicht. Sollte das etwas heißen? Sie werde für ihn kämpfen wie eine Löwin, sagte sie endlich mit übertriebenem Ernst und ging. Er war froh, als der Hund hinausrannte, er mochte seinen Geruch nicht, der mit ihm verschwand.
Der frühere Freund Amandas brauchte einen Namen. Später würde ihm zu Ohren kommen,

was er der Polizei gemeldet haben sollte, er würde Berger dafür zur Rede stellen. Leopold? Leopold hatte noch nie ein Buch von ihm gelesen, vielleicht würde er es diesmal tun. Er konnte einen Hund haben, warum sollte Amanda nicht beiläufig erwähnen, daß der Geruch des Köters sie krankmachte? Ideen hatte er genug, aber der Satz, der Satz.

Zum erstenmal spürte er eine kleine Sehnsucht, bei den anderen zu sein. Auf seinem Hemd fand er ein langes Haar, das, da es nicht von seiner Frau war, von Leopolds Frau stammen mußte. Er warf es aus dem Fenster und lüftete bei dieser Gelegenheit ein wenig. Wenn er jetzt zu den Gästen ginge, würden sie ihm die Enttäuschung anmerken. Ihr Geplapper wäre ihm unerträglich. Er würde dasitzen, den Zuhörenden spielen und an seinen mißratenen Satz denken, er würde sie noch mehr befremden, als er es ohnehin tat. Jetzt tadelte ihn vielleicht jemand wegen seines Fortbleibens, vielleicht verteidigte ihn aber auch jemand.

Die gute alte Amanda las sich plump, dabei hatte sie in seiner Vorstellung etwas Luftiges. Sie hungerte viel, sprang von einem Thema zum anderen und kam immer zu spät, so stand es jedenfalls im Konzept. Er zerriß die Seite, er konnte nicht die verworfenen Worte ausstreichen und dann weiterschreiben, nicht, wenn der Fehler sich ganz oben auf der Seite befand. War das Blatt erst einmal verdorben, mußte es weg. Manche Blätter standen unter einem guten Stern, das mochte mit Aberglauben zu tun haben, man gewann auf ihnen Wort um Wort wie ein Spieler in einer Glückssträhne. Aber sie waren selten, schon seit Wochen hatte es kein solches Blatt mehr gegeben.

Einmal war seine Frau genau in dem Moment hereingekommen, als er eine Seite zerknüllte und in den Papierkorb warf, vor Monaten. Sie hatte sie wieder herausgenommen, mit seiner Erlaubnis, glattgestrichen und gelesen. Dann hatte sie gesagt, sie begreife nicht, wie man eine solche Seite wegwerfen könne, in ihren Augen sei sie alles andere als mißglückt. Sicher müsse man seinem eigenen Text gegenüber streng sein, hatte sie gesagt, er aber sei manchmal unbegreiflich streng. Daraufhin hatte er sich die Seite nochein-

mal angesehen und sie nicht mehr so schlecht gefunden. Tagelang hatte es ihn geärgert, wie stark das Publikumsurteil sein eigenes beeinflußte.
Draußen Schritte den Flur entlang, aus dem Wohnzimmer ins Bad. Die Zimmertür blieb angelehnt, so daß Geräusche hervorquollen, von denen er nichts wissen wollte. Er nahm seinen Stift und hielt ihn in Schreibstellung, schrieb aber nicht. Wie ein Läufer in aufmerksamer Startposition stand die Hand mit dem Stift. Und wenn Berger nun überhaupt nichts erzählte? Wozu mußte er auch noch Spekulationen erfinden, wie die Polizei auf ihn gekommen war, wozu das Risiko? Andererseits, er konnte nicht kommen und dann schweigen, er mußte seinen Einfall ausfüllen. Die Geschichte mußte erzählt, nicht verschwiegen werden.
Er horchte. Irgendwann würden die Schritte wieder aus dem Bad kommen, ins Zimmer zurück, dann schloß sich auch wieder die Tür vor dem Besteckklappern und Lachen. Er war überzeugt davon, daß man ihn nun in Ruhe lassen würde, daß keine Nötigung mehr zu befürchten

war. In Ruhe. Es kümmerte ihn nicht, was sie drüben dachten, wenn es nur weiterging. Andauernd die Not, von etwas zu erzählen, was ihm unbekannt war. Sie saßen zwar alle drüben, Berger und Amanda und der, der vielleicht Leopold hieß, doch in einer so öden Version, daß es nichts brachte, unter ihnen zu sein. Irgendwann würde der Stift in seiner Hand ihm helfen und wieder losschreiben.

Zu dieser Ausgabe

insel taschenbuch 2333
Jurek Becker
Die beliebteste Familiengeschichte

Die Texte der Erzählungen *Großvater*, *Die beliebteste Familiengeschichte*, *Die Mauer*, *Entwurf für einen Alptraum*, *Aus heiterem Himmel* folgen der Ausgabe: Jurek Becker, Nach der ersten Zukunft. Erzählungen. © Suhrkamp Verlag Frankfurt am Main 1980. Der Autor hat für die Großdruck-Ausgabe den Text revidiert.
Die Erzählung *Gäste* wird in der vorliegenden Ausgabe erstmals veröffentlicht. Umschlagabbildung: Gino Severini, Der musizierende Pierrot. 1924. Öl auf Leinwand. Museum Boymans-van Beuningen, Rotterdam. © VG Bild-Kunst, Bonn, 1992.

Das schöne insel taschenbuch im Großdruck

it 2323. DM 12,–

Jurek Becker
Die beliebteste Familiengeschichte
it 2333. ca. DM 12,–

F. M. Dostojewski
Helle Nächte
it 2328. DM 12,–

Marguerite Duras
Der Vize-Konsul
it 2312. DM 14,–

Gustave Flaubert
Ein schlichtes Herz
it 2314. DM 16,–

Theodor Fontane
L' Adultera
it 2329. DM 16,–

Max Frisch
Erzählungen des Anatol Ludwig Stiller
it 2304. DM 12,–

it 2301. DM 10,–

Das schöne insel taschenbuch im Großdruck

it 2311. DM 14,–

Wolfgang Hildesheimer
Lieblose Legenden
it 2305. DM 14,–

E. T. A. Hoffmann
Der unheimliche Gast
it 2302. DM 12,–

Ricarda Huch
Der letzte Sommer
it 2315. DM 12,–

André Kaminski
Nächstes Jahr in Jerusalem
it 2334. ca. DM 18,–
November 1991

André Kaminski
Der Sieg über die Schwerkraft und andere Geschichten
it 2319. DM 12,–

Heinrich von Kleist
Die Marquise von O...
it 2307. DM 12,–

it 2306. DM 12,–

Das schöne insel taschenbuch im Großdruck

it 2325. DM 12,–

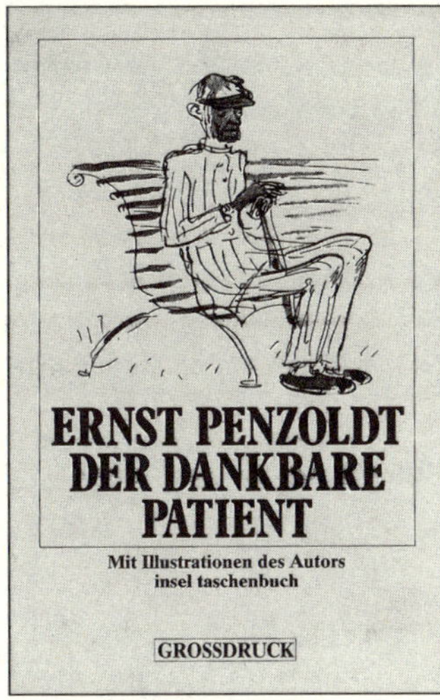

it 2310. DM 12,–

Eduard Mörike
Mozart auf der Reise nach Prag
it 2320. DM 12,–

Adolf Muschg
Ein ungetreuer Prokurist
it 2326. DM 12,–

Hans Erich Nossack
Das kennt man
it 2330. DM 16,–

Edgar Allan Poe
Der entwendete Brief
it 2309. DM 12,–

Reden und Gleichnisse des Tschuang-Tse
it 2317. DM 12,–

Rainer Maria Rilke
Geschichten vom lieben Gott
it 2313. DM 12,–